나는 코우사카 쿄우스케. 지극히 평범한 고등학생이다…, 이런.

지긋지긋할 자기소개는 건너뛰고 바로 복습에 들어가겠다.

여름방학이 시작되자마자 나와 쿠로네코는 '게임 연구회'의 취재 합숙에 초대되었다.

처음엔 가족이 걱정된다는 이유로 갈 생각이 없었던 쿠로네코.

하지만 가족의 협력을 얻어 무사히 참가하게 되었다.

나와 쿠로네코는 자연이 가득한 섬에서 많은 시간을 함께 보냈다.

신칸센에서는 옆자리에 앉아서 가고, 배 갑판에서는 담소를 나누고, 함께 섬을 돌아보고, 기묘한 전설을 취재하고, 그녀가 만든 밥을 먹고, 등을 맞대고서 물에 몸을 담그고, 한 지붕 아래에서 머무르며….

굉장히 즐거운 일주일을 보냈다.

많이 놀고 땀을 뻘뻘 흘리며 일하고 마음껏 사랑을 하는.

그런 최고의 여름방학이었다.

그리고 그 밤.

…나는 네가 좋아. 사귀어줘.

흐드러지게 터지는 불꽃 아래에서 나는 쿠로네코에게 고백했다.

…네. 잘 부탁드려요, 선배.

그녀는 기쁜 미소와 함께 받아들여줬고, 그렇게 해서 우리는 사귀는 사이가 되었다.
내 입으로 말하긴 쑥스럽지만… 아무튼 이게 지금까지의 이야기다.
이제부터는 무대를 다시 치바로 되돌려….
나와 쿠로네코의 새로운 이야기를 시작하기로 하자.

…………

방 안에 쏟아져 들어오는 아침 햇살이 내 의식을 깨웠다.

천천히 눈을 뜬다. 제일 먼저 보인 것은 익숙한 내 방 천장이다. 그 일주일을 보낸 '미우라장'의 것이 아니다.

그래서.

"윽!"

황급히 일어났다. 방에 붙여둔 7월 달력을 보았다.

합숙 중인 날짜에 빨간색 동그라미가 쳐진 것을 확인하고 조금 기분이 안정되었다. 적어도 '게임 연구회 합숙이 있었다'는 사실은 기억과 다른 게 없었으니까.

그렇다.

전부 꿈이 아니었나 생각했었다.

그만큼 현실과 동떨어진 여행이었다.

그만큼 꿈같은 나날들이었다.

마지막에는 귀여운 여자친구까지 생겼고….

"참 나… 내가 생각해도 너무 한심하지 않냐."

책상 위에서 충전 중이던 휴대전화를 켜서 어젯밤에 들어온 쿠로 네코의 연락을 읽어보았다.

…훗… 나의 귀애하는 자여… 오늘 동아리 활동은 오후 1시부터다. 잊지 말고 오도록.

…그 후에 우리의 '아르카디아 플랜(이상향 계획)'에 대해 대화를 나눕시다.

"…하하."

많이 애처로운 러브레터가 가슴속에 소용돌이치던 초조함을 서서히, 부드럽게 녹여준다.

아아… 그렇구나.

꿈이 아니었네.

"정말… 쿠로네코가… 내 여자친구가 되었구나."

여자애와 사귀다니, 태어나 처음이다.

코우사카 쿄우스케의 생애 첫 여자친구.

슬금슬금, 스며드는 듯한 기쁨이 온몸을 가득 채운다.

이게 뭐지.

난 여자친구가 처음 생기면 좀 여유가 없어지는 타입일 거라고만 생각했었는데.

의외로 마구 흥분해서 들뜨는 느낌은 아니다.

사귄 지 만 하루가 지나 조금 진정이 된 것도 있긴 하지만….

아마 그 섬의 완만한 시간 흐름 속에서 서서히 관계를 쌓아온 것도 상관없지는 않을 거다.

돌이켜보면 겨우 일주일의 여행이었다.

그런데 인생 1회 차를 보내고 온 듯한 아득함이 느껴진다.

강렬한 추억이 있었다.

이제 꿈 같다는 생각은 하지 않을 거다.

여행 끝에 얻은 보물을 소중히 여기자고 다짐했다.

"더워…. 날씨 너무 좋은 거 아냐, 쳇."

나는 그리운 치바 시내를 둘러보며 천천히 걸어가고 있었다.

"아니, 도로 아스팔트가 뜨거운 거네. 하아… 여기에 비하면 섬은 정말 시원했는데."

지금 가고 있는 목적지는 내가 다니는 고등학교다. 물론 지금은 여름방학이 한창인 와중이지만 동아리 활동은 있거든.

게임 연구회. 그 섬에서 같은 시간을 보낸 동료들과 신작 노벨 게임을 만든다.

그건 지금의 내게 쿠로네코를 제외하더라도 즐거운 일이었다.

그리고 또 하나.

오늘 동아리 활동에서는 나와 쿠로네코에게 중요한 미션이 있었다.

정문을 지나 아스팔트 지면에서 해방되자 더위가 훨씬 누그러졌다. 최대한 그늘을 골라 걸어 교사에 도착했다. 급수대에서 수분을 보충한 뒤 동아리방으로 향했다.

"안녕하십니까."

문을 열고 안으로 들어가자 모두 모여 있었다.

"아, 코우사카 선배, 안녕하세요."

"안녕하십니까, 선배."

"오, 왔구나, 형제."

연달아 인사가 날아온다.

살짝 소개를 하지.

처음에 말을 걸어온 성실한 인상의 소년은 마카베 카에데. 2학년으로 후배다.

다음으로 말을 걸어온 빨간 머리에 안경 쓴 소녀는 아카기 세나.

쿠로네코와 같은 반으로 게임 연구회의 넘버 원 프로그래머이기도 하다. 참고로 말하자면 숨은(최근엔 숨기지도 않지만) 부녀자이기도 하다.

그리고 친근하게 인사를 던진 키가 크고 여윈 몸매에 안경을 쓴 남자가 미우라 겐노스케. 게임 연구회 부장이자 나의 첫 동성 오타쿠 친구다.

그리고, 그리고그리고그리고!

조심스레 나를 보며 말을 걸 타이밍을 엿보고 있는 검은 머리 소녀가….

"…아, 안녕… 선배."

나의 여자친구, 쿠로네코 aka 고코우 루리!

그녀의 모습이 눈에 들어온 순간, 급격하게 내 기분이 고조된다.

원래도 '미인에 귀엽다'고 생각했었는데…!

…오늘의 쿠로네코는 엄청나게 귀엽지 않냐?!

지금 예전과는 비교도 안 될 정도로 그렇게 생각했다.

뇌내 대사가 바보 같아지는 것도, 기분 나빠지는 것도 무리도 아니었다.

왜냐하면 귀엽고 아름답고 사랑스러워 미치고 팔짝 뛸 정도니까.

'인생 첫 여자친구인 게 의외로 흥분이 안 된다. 슬금슬금 기쁨이 밀려온다'고 한 건 도대체 뭐였냐. 뭔가, 본인을 직접 눈앞에서 보니 팍 하고 몰려오는데! 팍 하고!

자, 어디 보자… 좀 진정하자고.

아무래도 부원들은 쿠로네코를 둘러싸는 듯한 배치로 자리를 잡고서 즐겁게 대화를 나누고 있었다.

"야, 어떻게 된 거야?"

태연을 가장하며 제일 가까이에 있던 마카베에게 묻자.

"아… 뭐라고 하면 좋을까요."

그는 말을 머뭇거렸다. 대신 힘차게 말한 것은 세나다.

"당연하지 않나요, 코우사카 선배! 루리를 신문해서 다 들었거든 요!"

"신문? 무슨 소리야?"

쿠로네코에게 슬쩍 '무슨 일이야?'라고 눈빛 교환을 날리자 그녀 는 얼굴을 빨갛게 붉히며 고개를 숙여버렸다.

답은 들을 수 없었다. 귀엽다는 감상밖에 얻은 게 없다.

그때 내 시야를 막으며 세나가 끼어들어 재미있다는 듯이 말했 다.

"우후후, 동아리 활동 시작 전에 '사람들이 굉장히 궁금해하는 걸' 확실히 정리하고 싶어서요. 그래서 루리를 둘러싸고 이것저것 물어보려던 참이었죠. 단도직입적으로 코우사카 선배한테 묻겠는 데요…."

"두 사람, 사귀는 거 맞죠?"

"…아."

허를 찌르는 질문에 바보 같은 소리만 나왔다.

나는 누가 봐도 수상해 보이는 태도로 응했다.

"아니… 그… 세나…? 너… 왜, 그런 걸, 묻는, 건데?"

"네…?"

세나는 왜 이해를 못 해요? 라는 듯이 말했다.

"그거 너무 새삼스러운 질문 아닌가요~? 원래부터 두 사람 사이는 수상했던데다가… 합숙 기간에 우리가 열심히 두 사람을 이어주려고 여러모로 애를 썼잖아요…."

아… 뭐… 그렇지.

신칸센에서 옆자리에 앉게 해주고, 노천 온천에서 단둘이 있을 수 있게 만들어주기도 하고.

거기서도 둘이서 행동할 수 있게 계획을 짜주기도 하고.

내 부탁을 들어주는 형태로 담력 시험 제비뽑기를 조작해주기도 하고.

다들 여러모로 애를 써주긴 했지.

음… 제비뽑기를 조작하는 건 누가 생각해낸 거였더라? 세나는 아니었던 것 같은데…?

…뭐, 됐다. 아니, 그냥 넘어갈 일은 아니지만… 에이 뭐, 됐나?

아무튼 말이다.

나와 쿠로네코가 '서로에게 신경을 쓰고 있다'는 건 게임 연구회 사람들에게 다 알려진 사실이다 이거다. 하지만 그것만 가지고는 '사귀게 되었다'고 단정하는 건 너무 빠르지 않아?

세나, 그 부분에 대해 어떻게 생각하냐?

"아니, 축제 끝난 다음부터 둘 다 누가 봐도 이상했다고요. 한참 멍하니 있는가 하더니 눈만 마주쳤다 하면 부끄러워하고 또 둘만의 간질간질한 세계에 들어가질 않나… 아, 이거 누가 봐도 '축제 때 고백했구나! 사귀기로 했구나!' 이렇게 생각하지 않겠냐고요."

"아…."

"…으응."

나와 쿠로네코는 나란히 얼굴을 붉혔다.

그런 우리를 세나는 흐뭇하게 바라본 뒤 토라진 것처럼 입을 삐죽거렸다.

"다들 두 사람이 보고를 하지 않을까 하고 기다리고 있었거든요? 그런데 결국 지금까지도 우리에겐 아～무 말도 안 해주고 말이죠. 좋아, 그럼 직접 묻는 수밖에 없겠다! 털어놓게 만들겠다! 후후, 그렇게 된 거죠."

"…이해하기 쉬운 설명, 고맙다."

사실 쿠로네코와 그 이야기를 안 해본 건 아니다.

『사귀는 걸 사람들에게 보고할 것인가.』

당연히 하기로 결정 났다.

그렇게 결정을 하긴 했는데….

나도, 쿠로네코도 거기에 신경을 쓸 수 없었다고. 그럴 만한 정신적 여유가 없었단 말이다.

아니, 집에 올 때에도, 신칸센 안에서도 내내, 어젯밤에 고백해 사귀기로 한 인생 첫 여자친구가 바로 옆에 있는데!

들뜬다거나 흥분된다거나, 그 이전의 문제였다고.

어떻게 해야 좋을지 모른다고나 할까, 꿈속에 있는 것만 같았다.

그래서 오늘 아침의 끔찍한 기상에 다다르게 된 거다.

"…아, 저기 말이지. …어, 저기."

부원들의 시선이 집중된 가운데 나는 쿠로네코를 쳐다보았다.

"…윽."

그녀는 눈을 질끈 감고 귓불까지 빨갛게 물들어 있었다.

오오… 이거, 말할 여유 없어 보이는데.

뭐, 애초에 쿠로네코와 '말하자'고 정한 거였으니까.

'오늘 동아리에서 해야 할 중요한 미션'이라고 마음 굳게 먹고 여기에 온 거니까.

"보고가 늦어서 미안하다."

나는 고개를 쳐드는 쑥스러움을 이겨내고서 발표했다.

"우리, 사귀기로 했어."

우와, 환성이 터졌다.

"축하합니다, 코우사카 선배, 고코우 씨!"

"드디어 붙었구나! 뭐, 축하할 일이네!"

"축하해, 루리!"

성대한 축복 분위기에 나와 쿠로네코는 닭살이 돋을 것 같았다.

"…너, 너무 기뻐하는 거… 아냐?"

"하하하, 미안하지만 참아줘, 고코우, 코우사카. 다들 너희를 사귀게 만들려고 노력들을 했으니까. 게임 연구회의 활동 성과라고 해도 과언이 아니거든."

"고맙게 생각하고 있습니다, 진짜로."

내 주위에 남자 부원들이 모여들어 축하와 야유와 약간의 구타 등등을 퍼부었다. 한편 쿠로네코는 몇 안 되는 여성 무리에게 둘러싸여 다양한 질문 공세를 당하고 있었다.

"루리, 루리. 데이트 약속은 이미 잡았어?"

"아, 아니, 그런 걸 왜 가르쳐줘야 하지?"

"어…? 뭐 어때! 가르쳐주라~!"

"…아직이야. 오늘 동아리 활동 끝나면… 선배랑 상의… 하려고."

"호오~ 핑크빛 무드네! 우후후… 그렇구나아…. 여름방학도 아직 안 끝났고, 딱 좋은 시기에 사귀게 됐네!"

"…그, 런가. 그렇지."

"우와, 이 행복해 보이는 얼굴 좀 봐~. 나까지 기분 좋아지네. …아, 맞다, 필요하면… 데이트에 참고할 만한 잡지 빌려줄까?"

"꼭 부탁할게."

"우와, 갑자기 적극적이 됐네! 그럼 이거… 내 추천 리스트에 동그라미 표시해둘게."

쿠로네코가 키리노와 사오리가 아닌 다른 친구와 저렇게 대화를 주고받게 되다니.

여행이 키워준 것은 나와의 관계만은 아닌 것 같다.

그 후, 동아리 활동 참가자 전원이 노벨 게임 제작 작업을 했다.

이것도 복습을 해두자.

게임 연구회는 지금 쿠로네코와 세나에 의해 촉발된 멤버를 중심으로 섬을 무대로 한 신작 노벨 게임을 제작하고 있다.

우리는 실제로 섬에 가서 직접 생활을 체험하고 풍토와 민담을 취재해서 사진을 찍어 왔다.

부원들이 함께 의논하고 검토한 결과….

'천녀 전설'을 모티프로 한 노벨 게임을 만들기로 했다.

'천녀'를 다양하게 해석하는, 그러니까 여주인공이 천사라거나 우주인이거나 하는 거다. 시나리오를 담당하는 건 마카베와 쿠로네코.

현재 쿠로네코는 하늘에서 내려온 소녀, '마키시마 하루카'의 시나리오를 집필하고 있다.

동아리방 컴퓨터를 이용해 빠르게 집필 중인 그녀는 때때로 손놀림을 멈추고선 나와 사람들에게 시나리오를 보여주고 의견을 구했다.

이것도 예전의 쿠로네코라면 생각할 수 없는 행동이다. 지금까지의 자신을 버려서라도 좋은 게임을 만들자, 그런 의지가 느껴졌다.

쿠로네코와 부원들이 제작에 전념하는 가운데 나는 뭘 하고 있었느냐 하면, 합숙 동안 다 같이 모은 자료를 정리하고 있었다. 배경 후보를 늘어놓고, 조사한 전설을 사진을 첨부해 리포트로 작성하고, 회의에서 나온 아이디어를 정리하는 것 같은 작업이다.

내가 할 수 있는 일은 별로 많지 않다.

그것도 며칠 안에 끝날 테니까, 그러고 나면 입시 공부할 거리를 가져오도록 할까.

"……."

최대한 쿠로네코 옆에 있고 싶었다.

이제 막 사귀게 되었으니 게임 제작보다 데이트를 우선시해달라 말할 생각은 조금도 없었다.

쿠로네코도 나에게 제작 돕게 시켜서 미안해, 이런 사죄의 말은 전혀 하지 않았다.

사귀는 상대와 함께 게임을 만든다.

데이트와 같은 수준으로… 아니, 우리에겐 그 이상으로 소중한 일이니까.

즐거운 일이니까.

그렇게 말하지 않아도 가치관을 공유할 수 있다는 게 기뻤다.

그렇게….

늦은 오후가 되어 동아리 모임은 해산하게 되었다.

지금은 우리 둘만 동아리방에 남아 있다.

커튼이 바람에 나풀거리고, 오렌지색 저녁놀이 실내를 비추고 있다.

"자, 선배…."

황혼을 등진 쿠로네코가 유혹하듯 말했다.

"지금부터 나의 '아르카디아 플랜(이상향 계획)'을 말해줄게."

"그래."

그게 뭔데? 라는 말은 하지 않는다.

잘 알고 있거든. 내 여자친구에 대한 거니까.

"'여름방학 계획'을 짜자는 거지?"

"그렇게도 말할 수 있지."

아르카디아 플랜이라는, 스스로 만든 말이 제대로 전달돼서인지 쿠로네코는 기분이 좋아 보였다.

좋았어! 일주일간의 여행을 통해 나의 중2병 언어 해석 스킬도 많이 늘었군.

쿠로네코는 여전히 자아도취에 빠진 듯한 태도와 말투로 대화를 이어나갔다.

"먼저… 선배에게 사과해야 할 게 있어. 그래, 어젯밤 일이야… 난, 이 붉은 사안으로 운명을 보았고, 마도서에 기술했는데…."

오, 난해한 암호가 나오는구나.

그녀는 이렇게 말했다.

"게임 시나리오 집필에 집중한 나머지 한 페이지밖에 완성하지 못했어…."

"'데스티니 레코드(운명의 기술)'를."

"일본어로 해주세요."

미안, 가치관을 공유하는 데 실패했다.

"…이 세계의 말로 하자면… 훗, 그래, 조금 앞의 미래에서 연인들을 기다리고 있는 운명을 기술한 예언서라고나 할까? 그리고 내 숭고한 '아르카디아(소원)'를 실현시키기 위해 행해지는 '세리머니(의식)'를 단계적으로 보여준 것이기도 하지."

참 귀찮은 여자네… 가 아니라 내 번역 실력이 부족해서 무슨 말을 하는지 도무지 모르겠다.

하지만 포기하기엔 이르다. 난 이 녀석의 남자친구니까.

조금 더 노력해서 번역해보자.

"아… '둘이서 같이 하고 싶은 목록'을 만들었다… 뭐 그런 거야?"

"'아르카디아(소원)'를 실현시키기 위해 행하는 '세리머니(의식)'를 단계적으로 나타낸 거야."

중2병 환자는 요약하는 걸 싫어하는군요.

오, 하지만 이 반응은… 내 번역도 나쁘지 않은가 보네.

스스로도 놀랐다. 나도 모르는 사이에 이런 수준에 도달하게 되었구나.

으음… 중2'병'이니까 사람에서 사람으로 감염되는 건지도 모르지.

그래도 사랑스러운 여자친구가 하는 말을 이해할 수 있다면 중2 병에 어느 정도는 잠식된다 해도 대환영이지만.

"그리고 음… '데스티니 레코드(운명의 기술)'는 아직 완성되지 않았으니까 '하고 싶은 목록'을 빼고 앞으로 여름방학에 뭘 할지 계획…."

"'아르카디아 플랜(이상향 계획)'."

"…'아르카디아 플랜(이상향 계획)'을 세우자고?"

"그렇다고 말할 수 있겠네. …그러니까… 미안해, 선배."

쿠로네코는 오늘 처음으로 풀이 죽은 태도를 보였다.

"왜 사과하는 거야?"

"게임 제작을 우선시하느라… 당신한테 신경을 못 썼으니까."

"바보야. 그게 사과할 일이냐? 나도 너랑 게임 만들 수 있어서 즐 거워. 네가 열심히 제작하는 게 기쁘다고. …그게 전달된 줄 알았는 데."

조금 쑥스러워하며 말하자 쿠로네코는 나보다 몇 배는 부끄러워 했다.

"…전해졌어. …제대로."

"그럼 됐어. …뭐, '데스티니 레코드(운명의 기술)'가 있으면 '아 르카디아 플랜(이상향 계획)'을 진행하는 게 원활해질 수 있기 하겠 네."

이렇게 표현하는 거 진짜 피곤하다.

"그러니까 앞으로도 운명을 기술하는 사명은 계속해줘."

"응, 알았어."

"하지만 서두를 건 없어. 게임 제작이 우선이다. 이미 여러 번 말했지만, 그게 나도 더 기쁘다고."

"…고, 고마워."

"그리고 오늘 완성하지 않은 건 오히려 더 좋을지도 모르지."

"무슨 의미야?"

쿠로네코는 눈을 동그랗게 떴다. 그런 그녀에게 나는 이렇게 말했다.

"아니, 만약 네가 게임 제작에 열중하지 않았다면… 너 혼자서 여름방학 계획을 세울 생각이었던 거잖아? 그러지 말고."

"'데스티니 레코드(운명의 기술)'… 나한테도 좀 쓰게 해줘."

"어…?"

으흠, 놀랐나 보네. 난 살짝 의기양양하게 말했다.

"둘이서 쓰는 게 더 재미있지 않을까?"

"그런… 가."

어리둥절한 쿠로네코는 창작에 관련된 멋진 아이디어 제안을 들은 것처럼 생각에 잠겼다.

"그래… 그게 더 재미있겠군."

그녀는 고개를 들고 가볍게 미소 지었다.

"선배, 그거 멋진 아이디어야."

"그렇지? 그러니까…."

나는 가방에서 바인더용 종이 다발을 꺼내 쿠로네코에게 내밀었다.

"각자 집에서 '데스티니 레코드(운명의 기술)'를 여기에 써 오는 건 어때? 그리고 나중에 합체하자."

나는 내 아이디어를 계속 설명했다.

"하루에 한 장씩, '연인과 하고 싶은 것'을 써서 상대에게 주는 거야. 그리고 둘이서 그걸 하는 거지. 데이트를 하고 나면 종이를 바인더에 철해놓고 여름방학이 끝날 때쯤이면 한 권의 책이 완성된다, 이런 건 어때?"

쿠로네코는 '마도서'라고 했지만 언젠가 먼 미래에 둘이서 읽어보고 추억에 젖을 만한 한 권의 책이 되었으면 했다.

내 아이디어를 들은 쿠로네코는 조용히 웃었다.

"후후… 선배 의외로 여성스럽네?"

"그, 그런가?"

내 발상이 여성스럽나?

"아, 아니, 그래도… 좋지 않아?"

얼굴이 화끈거리는 걸 무시하고 내 마음을 전했다.

"응, 좋은 생각인 것 같아. 굉장히… 로맨틱하고."

"뭐야, 같은 마음이었네."

"난 괜찮지. 여자니까."

"치사하다…."

"후후후… 남자친구가 마음이 잘 맞아서 행복한걸."

그렇게 놀리는 쿠로네코였지만 그 귀는 급속도로 빨개졌다.

"자기가 말해놓고 쑥스러워하기는."

"쑥스러워하는 거 아니거든."

휙 하고 고개를 돌려버린다.

그러고선 얼버무리듯 화제를 바꾼다.

"…아, 잠깐만… 바인더면 장정이… '데스티니 레코드(운명의 기술)'에는 안 어울리지 않을까. 음… 그래, 그러면 바인더는 내가 어울리는 걸로 만들게."

"그래, 그렇게 해줘."

"멋진 마도서를 만들자."

"물론이지."

뭐지, 이 대화는.

"훗… 기대되는걸. 선배는 날 기쁘게 만드는 데 있어 달인이야."

"과찬의 말씀입니다."

"아니, 그렇지 않아. 당신 덕분에 '아르카디아 플랜(이상향 계획)'은 큰 진전을 이뤘어."

"'여름방학 계획(이상향 계획)' 말이구나. …야, 내일도 나랑 만나줄래?"

"……."

자연스러운 대화였는데 그녀는 갑자기 굳더니,

"아, 네."

경어로 대답을 했다.

야, 중2병 흐름이 끊겼잖아.

"가능하면 매일 보고 싶은데. 동아리 활동이 없는 날도."

"그, 그렇게 하죠. 나도… 음… 보고 싶어, 매일."

"…그래."

쿠로네코가 긴장하는 이유를 뒤늦게 깨달았다.

그녀와 만나는 약속을 하는 건 데이트를 하자는 말과 같은 의미

였잖아.

친구였을 때와는 다르다.

"………."

"………."

우리는 말없이 작은 미소를 주고받았다.

심장을 부드럽게 조이는 듯한 감각이 기분 좋게 아팠다.

처음 고백한 그때와 흡사했다.

나는 꿀꺽 침을 삼키고서 "그럼" 하고 본론을 꺼냈다.

"어서 '데스티니 레코드(운명의 기술)'를 보여줘. 이미 한 페이지는 써놨지?"

"그, 래… 당신과 사귄다면 제일 먼저 하려고 생각했던 게 있어."

그게 첫 기술이야, 이렇게 말하며 그녀는 가방에서 뭔가를 꺼내려고 했다.

"아, 잠깐만."

나는 쿠로네코를 말리며 씨익 웃었다.

"맞혀볼게."

"자신 있나 보네. 그래, 어디 한번 말해봐."

나는 고개를 끄덕이고서 '남자친구가 생긴 쿠로네코가 데이트보다 먼저 하고 싶은 것'이 무엇인지 말했다.

차분한 목소리로.

"우리가 사귀게 된 걸 사오리에게 보고하자."

"그래, 바로 내일 어떤지 물어보기로 해."

이 세상에서 가장 간단한 퀴즈였을 것이다.

그렇게 해서 이튿날.

우리는 '합숙에서 돌아왔으니까 놀자'는 명목으로 사오리를 불러냈다.

"오오, 쿄우스케 씨, 쿠로네코 씨! 오랜만이네요!"

아키하바라역 앞.

즐겁게 손을 흔들며 나와 쿠로네코에게 달려온 것은 사오리 바지나.

빙글빙글 안경에 오타쿠 패션, 엄청나게 키가 큰 오타쿠 소녀.

나와 쿠로네코, 키리노의 소중한 친구다.

그런 사오리는 지금 쿠로네코의 손을 두 손으로 감싸듯 잡고서 격렬하게 흔들고 있었다.

마치 생이별한 가족과 재회한 것처럼 기뻐하는 모습에 쿠로네코가 쓴웃음을 지었다.

"과장하기는. …오랜만이라고 할 정도인가?"

"후후후, 무슨 말씀이십니까! 1주일하고도 며칠 만이지 않습니까! 여름방학인데 만나지도 못하고… 제가 얼마나 외로웠는지 아십니까!"

이 녀석의 오타쿠스러운 말투가 너무나 그립게 느껴진다.

신기하네.

사오리와는 겨우 일주일 조금 전에 만났는데 마치 몇 년 만에 보는 느낌이다.

아마 긴 여행이었기에 그런 기분이 드는 거겠지.

나도, 쿠로네코도 사오리와의 오랜만의 재회를 진심으로 기뻐했다.

"나도 너 못 봐서 허전했어. …재회를 축하하는 의미로 화끈하게 놀아볼까?"

"아니, 이거 듣기 좋은 말씀이신데요. …후후후, 하지만 '재회를 축하한다'면 날을 새로 잡는 게 어떠실지요?"

"어머, 왜 그러지?"

쿠로네코가 묻자 사오리는 입을 ω(이런) 모양으로 만들며 말했다.

"실은 제가 '재회 파티'라는 것을 계획하고 있어서 말입니다."

"정말 과장이 심하구나."

쿠로네코는 흐뭇하다는 듯이 말했다.

"…………."

사오리의 눈동자는 빙글빙글 안경에 가려서 알아볼 수가 없다.

그래도 왠지 그녀의 부드러운 표정이 전해지는 것 같았다.

나는 복안이 있어 보이는 리더에게 물었다.

"그럼 오늘은 어떻게 하지?"

"흐음, 글쎄요… 최근에 새로 생긴 가게에 가보고 싶은데, 거기 들러보는 건 어떠신지요?"

"사오리가 발견한 가게라면 안심할 수 있지."

동감이다.

완벽한 사전 조사를 신뢰할 수 있는 아키바 전문가.

그게 우리 '오타쿠 소녀 모여라―'의 리더, 사오리 바지나니까.

그렇게 해서.

평소에 하던 대로 사오리의 뒤를 따라 아키바 거리를 걸어갔다.

공사 중인 건물 등이 곳곳에 있어 익숙한 풍경이 급속도로 변화

하고 있다는 게 실감이 갔다.

항상 변해가는 거리.

그것이 아키바다.

"자, 쿄우스케 씨, 쿠로네코 씨, 가봅시다!"

변하지 않는 건 오타쿠의 혼밖에 없는지도 모르겠다.

사오리가 찾은 카페는 '오타쿠의 거리'라는 평가와는 조금 동떨어진, 시크하고 어른스러운 분위기가 감도는 가게였다.

이건 내 생각일 뿐이지만, 최근의 아키바에는 이런 세련된 가게가 늘어나고 있다.

오타쿠다움을 한껏 드러내는 사오리와 쿠로네코에게는 조금 어울리지 않는 듯하기도 하지만, 당사자들은 전혀 개의치 않는 것 같은 모습이다.

나는 쿠로네코와 나란히 앉아 사오리와 마주 보는 형태가 되었다.

가벼운 음식을 먹은 뒤에 나는 사오리에게 종이봉투를 내밀었다.

"이거, 합숙 선물."

"오오! 뭐 이런 걸 다 챙겨 오시고 그럽니까! 오호호, 이누마키 만쥬… 멋지네요. 제가 좋아하는 겁니다! 감사히 잘 먹겠습니다, 쿄우스케 씨, 쿠로네코 씨!"

"훗… 천만에."

"'이누마키지마'라고 세토 내해에 있는 섬이야."

"알고 있습니다. 저하고도 조금 인연이 있는 섬이거든요."

"헤에, 그래? 친척이라도 사시나?"

"그 비슷한 거죠."

모호하게 대답하는 사오리.

이때의 나는 사오리의 집안에 대해 아무것도 몰랐기 때문에 무시하고 넘겼었는데… 그녀의 '성'과 '집'을 감안해 보면 좀 더 깊은 의미가 있는지도 모르겠다.

"전에도 설명했는지 모르겠는데, 게임 연구회 합숙으로 신작 노벨 게임 취재를 하러 갔었어."

"쿠로네코 씨가 시나리오를 담당한다고 했지요. 취재는 어떠셨나요?"

"꽤 큰 성과가 있었지. 선배, 사진 가져왔지?"

"그럼."

나는 탁자에 합숙 때 찍은 사진을 펼쳐놨다.

페리에서 본 이누마키지마. 여관으로 가는 언덕길. 언덕에서 굽어보는 저녁놀로 물든 바다.

초록이 우거진 대낮의 산길. 긴 돌계단 끝에 있는 토리이….

여행의 추억을 음미하며 바라보았다.

생각에 잠긴 눈빛을 하던 쿠로네코가 눈을 감았다 떴다. 그러고선 다시 사오리를 똑바로 쳐다보며 말했다.

"창삭 의욕이 자극되는 전설이 있었고… 회의도 순조로웠고, 모든 일이 잘 풀렸어."

"그거 참 잘됐네요. …후후, 보람 찬 시간을 보냈나 보네요, 쿠로네코 씨."

"응… 그런 것 같아."

합숙에서 새로운 우정을 키웠던 쿠로네코인데.

절친이라고 하면 역시 사오리지. 그녀가 이렇게 긴장을 풀고 편하게 대화할 수 있는 상대는 없다. 나를 포함해서도. …조금은 질투가 나는군.

아니… 한 사람 더 있었지.

흥, 그 자식… 지금쯤 뭐 하고 있나 몰라.

아아, 그만하자. 분하니까 그 녀석 생각은 절대 안 할 거야.

그러고서 쿠로네코는 합숙에서 있었던 일들을 사오리에게 들려주었다.

대화가 어느 정도 일단락됐을 무렵.

"그래서 쿠로네코 씨, 신작 게임은 시나리오가 어떻게 진행되나요?"

"마침 잘 물어봤어. 당신 의견도 듣고 싶거든. 자료 좀 봐줄 수 있어?"

쿠로네코가 가방에서 종이 뭉치를 꺼내 사오리에게 건넸다.

사오리는 받아 들고 손가락으로 안경을 쭉 올렸다.

"흐음, 어디 한번 봅시다."

지적인 편집자같이 굴기는.

쿠로네코가 준 것은 노벨 게임의 스토리 개요와 캐릭터 설정 등이 적힌 자료였는데.

"응?"

읽기 시작한 사오리가 의외라는 듯이 소리를 냈다.

"쿠로네코 씨, 이 여주인공의 이름은….“

"'마키시마 하루카'야. 그게 왜?"

"흐음… 이 미소녀는 혹시 제가 모델이 아닌지?"

오, 이게 무슨 뻔뻔한 소리신가.

나와 같은 생각을 했는지 쿠로네코가 질색하며 말했다.

"뭐? 그럴 리가 없잖아. 기운 빠지는 소리 하지 말아줘."

"말이 너무 심한 거 아니십니까?"

"친구가 갑자기 '이 캐릭터 모델은 나야?'라고 물으면 기분 나쁜 게 당연하지 않아?"

"그, 그렇게까지 말할 건 없지 않습니까! 두, 두 분 좀 들어주십시오! 제가 그렇게 생각할 만한 이유가 다 있어서 그렇습니다!"

"이유?"

"'마키시마'라는 성이요! 제 본명은 '마키시마 사오리'입니다!"

"헤에!"

놀라운 고백이었다.

"'마키시마 사오리'… 그게 네 진명…."

쿠로네코도 마치 롤플레잉을 하듯 경악에 찬 표정을 지었다.

그걸 본 사오리가.

"아, 역시 모르셨습니까."

"어떻게 알아. 가르쳐주지도 않았는데."

"그건, 그러니까… 닉네임으로 충분했고… 가르쳐줄 타이밍이 없었거든요."

그렇지. 나도 사오리는 사오리 바시나라고민 인식했고 그걸로 충분했으니까.

지금 깨달았다. 그러고 보니 사오리한테도 본명이 있었다는 걸.

"아~ 이거 실례했습니다. '쿠로네코 씨라면 어느새 제 본명을 알아서 미소녀 여주인공의 모델로 삼았겠지!' 하고… 생각을 해버렸네요."

부끄러움을 감추려는 듯 손수건으로 땀을 닦는 사오리.

쿠로네코는 "사정을 들은 지금이라면 조금은 납득할 수 있겠네"라며 고개를 끄덕였다.

나는 크게 한숨을 쉬었다.

"하지만… 마키시마 하루카에 마키시마 시오리라. 굉장한 우연도 다 있네."

"완전한 우연은 아닐지도 몰라."

"그게 무슨 소리야?"

"사오리의 친척이 섬에 있잖아? 난 섬의 이름에서 여주인공의 성을 생각해낸 거니까…."

"아, 그렇구나."

가만히 생각해보면 그렇게 신기할 일도 아니었다.

역시 기묘한 인연이기는 하지만.

그런 우리의 모습을 보고 사오리는 미묘한 표정을 지으며 뺨을 긁적이더니 곧 화제를 돌리려고 했다.

"그러고 보니 쿠로네코 씨, 쿄우스케 씨. 제가 꼭 여쭙고 싶은 게 있습니다만."

"어머, 뭐지?"

사오리는 후후후 하고 놀리듯이 웃었다.

"오늘은 평소보다 사이가 좋아 보이시는군요. 여행지에서 두 분의 관계에 진전이 있었던 거 아닙니까…."

"".………….""

정곡을 찔린 우리는 나란히 침묵하며 두 눈을 깜박거렸다.

그러고서 서로를 쳐다본 뒤.

"…어, 어떡하지? …지, 지금 말할까?"

"…아니, 그… 원래 그러려고 했으니까…."

"하지만 순서란 게… 사오리가 먼저 말을 꺼내다니… 예상 밖이야…."

"…너 애드리브에 너무 약한 거 아니냐…."

"아, 아니….."

목소리를 죽여 말을 주고받는 우리를 본 사오리가 점점 당황하기 시작했다.

"어? 아, 저기요…? 쿠로네코 씨? 쿄우스케 씨? 전 지금 농담으로 한 말입니다만… 서, 설마… 정말로…?"

"으음, 우리 사귀기로 했어."

결국 내가 말했다.

사실은 쿠로네코가 직접 생각해낸 말로 시원스레 보고하려고 했는데.

우리의 교제 보고를 들은 사오리는 입을 크게 벌리고서 얼어붙은 상태로 10초는 충분히 차고 넘치도록 굳어 있다가.

"진짜요? 진짜… 두 분이 이성 교제를?"

"그래, 진짜야. 너한텐 거짓말하지 않아."

"…………놀랍네요."

갑자기 왜 그래? 너무 잘 어울려서 놀릴 생각도 안 드네.

사오리는 우리 두 사람을 뚫어져라 쳐다보았다.

"예전부터 언젠가 그렇게 되지 않을까 생각하고는 있었는데요… 아아, 미안해요. 조금만 더 제게 마음의 정리를 할 시간을 주세요."

"그건… 상관없는데."

그 말투 뭐야? 쿠로네코도 굉장히 질문을 던지고 싶다는 모습이었다.

잠시 침묵이 계속되었고, 마침내 사오리가 "에헴!" 하고 헛기침을 했다.

후우~ 하고 길게 한숨을 내쉬고서,

"축하드립니다! 쿄우스케 씨, 쿠로네코 씨! 저는 두 분을 축복합니다!"

평소의 말투로 돌아와 이렇게 말해주었다.

"응." "…고마워."

나란히 쑥스러워하면서도 축복을 받아들인다.

결국 바뀐 말투에 대해서는 물어볼 타이밍을 놓치고 말았다.

사오리의 목소리에 쓸쓸함이 배어 있었기 때문이었다.

"…그렇다면 한동안은 이 모임도 자제하는 편이 좋겠군요."

"아니, 우린 그럴 생각 없어."

단호하게 말하는 쿠로네코. 그녀는 나에게 눈길도 주지 않았다.

'의논 안 해도 같은 마음이겠지.' 그렇게 확신하는 것 같았다.

한편 사오리는 당황하고 있었다.

"하지만 교제를 이제 막 시작하지 않았습니까? 매일 데이트하고 싶은 마음이지 않습니까?"

"그래… 남은 여름방학 동안 가능한 한 매일 만날 생각이야."

"그럼."

"그러니까 더욱 이 모임을 줄일 생각은 없어."

"…네?"

"데이트라는 건 연인이 함께 즐거운 곳에 찾아가는 걸 말하지.

…그러니까 내겐 오늘도 데이트라는 인식이거든. …선배는 어때?"

"동감이야. 나도 아주 즐기고 있거든. 오랜만에 사오리를 만나서 기쁘기도 했고."

"쿄우스케 씨… 쿠로네코 씨…."

"아… 그러니까 뭐랄까… 사오리가 싫지 않다면 오늘 같은 모임은 환영이야."

"남은 여름방학도… 지금까지 그랬던 것처럼 같이 놀아주겠어?"

두 사람의 생각을 전하자 사오리는,

"감격입니다요오오오~~! 저야말로 잘 부탁드립니다~~!"

과장되게 거짓 울음을 터트리며 기뻐했다.

정말 거짓 눈물이냐는 그런 멋모르는 소리는 하지 않을 거다.

그녀는 손수건으로 안경 안쪽을 닦고서 단단히 고쳐 쓴 다음 다시 우리와 마주했다.

"사실은 무서웠거든요. 취미 그룹에선 이성 교제가 계기가 되어 떠나거나, 관계가 어색해지거나, 그런 일도 있으니까."

놀랐다. 이렇게 소심한 소리를 하는 사오리는 처음 보는 것 같은데.

"키리린 씨가 없어져서… 두 분과 소원해지면 어떡하나 싶어서…."

"그럴 리가 없잖아."

야, 그렇지? 쿠로네코, 너도 뭐라고 말 좀 해줘.

눈짓을 하자 내 여자친구는 "바보구나"라며 사오리를 보고 부드럽게 미소 지었다.

"당신하고 소원해지느니 선배와 헤어질 거야."

"나보다 사오리가 위냐?!"

"당연하지… 아, 울 건 없잖아."

"우, 우는 거 아니거든!"

"네, 네. 선배도 소중해요. 사오리랑 같은 수준으로."

"진지하지 않아! 남자친구에 대한 대응이 진지하지 않다고!"

그런 연인의 아옹다옹하는 모습을 본 사오리는,

"…전 정말 바보군요."

무척 기뻐 보였다.

그 후에 짧은 대화가 오간 뒤 해산했다.

나는 쿠로네코와 함께 전철을 타고 이동해 동네 역에서 헤어졌다.

그런 다음 집에는 직접 돌아가지 않고 타무라야에 들렀다.

쿠로네코가 사오리에게 그런 것처럼 나한테도 사귀는 사람이 생겼다고 보고하고 싶은 사람이 있었다.

집 앞에서 전화를 걸어 그녀를 불러냈다.

"쿄우, 어서 와."

타무라 마나미. 나의 소중한, 안경 쓴, 착하고 온화한 소꿉친구.

"보고하고 싶은 게 있어."

나는 뜸들이지 않고 바로 말을 꺼냈다. 그러자 마나미는 부드럽게 미소 지으며 물었다.

"쿠로네코에 관한 거야?"

"……."

"뭘 그렇게 놀라."

키득키득, 조용히 웃는다.

나는 말을 잃은 채 한두 번 제자리에서 발을 굴렀다.

마나미는 여전히 내 마음을 들여다보는 것처럼 말했다.

"알아. 아마 그렇게 되지 않을까 생각했거든. 쿄우랑 쿠로네코에 대한 소문이 학교에서 돌고 있는 거 알았어?"

"…조금은."

얼마 전까지는 전혀 몰랐다.

하지만 게임 연구회 녀석들에게서 지적받았으니까.

나와 쿠로네코에 대한 소문이 돌고 있다….

그런 사실은 있는 것 같다.

나 자신은 평범하지만, 쿠로네코는 학교에서 제일 귀여우니까.

남자랑 자주 같이 다니면 소문이 날 수밖에 없겠지.

"그러니까 뭐, 대강의 사정은 상상이 가."

그런가. 마나미는 눈치가 빠르구나.

"게임 연구회 합숙에서 쿠로네코한테 고백받았어? 그래서 사귀게 된 거야?"

"너 니무 잘 아는 거 아냐?!"

그냥 눈치가 빠른 수준이 아닌데!

내 핀잔에 마나미는 아하하 하고 웃었다.

"게임 연구회였던 이노우에한테서 들었거든. 같이 합숙 갔었지?"

"…아아… 걔."

신작 게임 제작에도 참가 중인 CG 담당 세미프로 여학생.

걔가 정보원이었구나….

"마나미는 친구가 많았지."

"그렇지도 않은데. 그냥 평범한 수준이야."

이 녀석은 중학교 때부터 교내 정보에 빠삭한 녀석이었다.

기계를 다루는 데 약하고 인터넷도 잘하지 못하면서 정보통이라니.

그런 앞뒤가 안 맞는 상황이 성립되는 이유는 마나미에게 친구가 많고 그들이 마나미를 많이 좋아하기 때문이다. 학교에선 친한 친구들 사이에서 정보가 공유된다. 무수한 커뮤니티에서 형성되는 고전적인 네트워크란 무시하기가 그리 쉽지 않은 법이다.

"그런데 마나미, 그거 조금 틀렸어."

"어?"

"고백은 내가 했어."

"………."

마나미는 큰 소리는 내지 않았지만 무척 놀란 듯했다.

커다래진 눈을 깜박거린다.

"쿄우가… 고백했어?"

"응. 그리고 사귀게 됐고… 지금 그 일로 신세를 진 사람들에게 보고하러 다니는 중이야."

"…그렇… 구나."

마나미는 그렇게만 말하고서 입을 다물었다.

그녀는 눈을 감고 고개를 치켜들더니,

"으음………."

묘하게 느긋한 소리를 내며 생각에 잠겼다.

내 소꿉친구에게서 자주 볼 수 있는 동작이라 나도 느긋하게 기다렸다.

마침내 마나미가 입을 열고 속을 읽을 수 없는 목소리로 말했다.

"쿄우는 변했구나."

"그런가?"

"응. 굉장히 많이 변했어. 돌아온 게 아니라 변했어."

"네가 그렇게 말하면 그럴지도 모르지."

마나미는 언제나 나를 제일 많이 이해해주는 사람이니까.

"뭐, 옛날의 나와 지금의 나는 다른 사람 같은 거니까… 또 바뀌었다고 해도 이상할 건 없잖아."

"너무 많이 변했다고. 전에 만나고서 별로 지나지도 않았는데… 몇 년이 지나고 굉장히 오랜만에 본 것 같아. 지금의 쿄우는 정말 단단해 보여."

"야, 닭살 돋게 왜 그래. 갑자기 무슨 칭찬이냐. 그렇게 안 변했어."

"만약 그게 쿠로네코 덕분이라면… 분하네."

"분해?"

마나미답지 않은 말에 나는 눈을 휘둥그레 떴다.

"응, 분해. 그리고 내가 안도한다는 게 너 분해."

"무슨 소리야?"

"내가 쿄우를 바꿨다고 생각했었거든. 그건 좋은 일이라고 지금도 생각해."

"……."

해설을 포기하도록 하겠다. 이미 알았다면 어쩔 수 없지만.

나로선 비밀로 해두고 싶은 과거 이야기다.

마나미는 "하지만" 하고 우리만 이해할 수 있는 이야기를 이어나갔다.

"무리하는 건 아닐까 불안하기도 했어. 진짜 쿄우를 억누르고 있는 건 아닐까 하고. 그러니까."

"마나미."

이야기 중간에 끼어들었다.

"옛날의 나도, 얼마 전의 나도, 지금의 나도 나는 나야. 마나미 덕분도 있었을지 모르지만… 쿠로네코 덕분도 있었을지 모르지만, 내가 스스로 그렇게 되겠다고 결심한 거라고. 누구 때문으로 돌리는 건 아니지."

"하지만."

"나는 내 거야. 너한텐 안 줘."

"…그래."

훗 하고.

마나미는 어깨에서 힘을 뺐다.

"그럼 내가 할 말은 더 이상 없네."

"그래."

"그럼."

"방학 끝나고 보자."

평소처럼, 수도 없이 되풀이해온 말을 나누고서 우리는 헤어졌다.

오랜 거리의 풍경으로 해가 저물고, 뒤를 돌아보지 않고 그대로 걸어간다.

그날 저녁. 나는 백지 다발을 앞에 두고 심각한 고민에 빠져 있었다.

내일은 쿠로네코와 데이트를 하기로 약속했다.

그때 서로가 써 온 '데스티니 레코드(운명의 기술)'를 보여주고 실행하기로 했는데….

…키스하고 싶다.

그렇게 쓰려는데 막판에 펜이 멈췄다.

"…크윽…."

온 힘을 실었는데 손끝만 떨릴 뿐 움직이지 않는다.

"아아아아아아… 젠장!"

고민 끝에 내가 쓴 '소원'은

일단 비밀로 해두겠다. 내일이 되면 알 거다.

그리고 날이 밝아 아침.

데이트 약속 장소는 고등학교 정문이나.

왜 동아리 활동도 없는데 굳이 학교에서 만나기로 한 거냐면.

그 녀석과 치바에서 만날 일이 지금까지는 거의 없었기 때문이다.

양쪽이 알기 쉬운 약속 장소가 역과 여기밖에 없었다.

역 방면에는 볼일이 없다고 해서 여기가 된 거다.

약속한 시각보다 15분 일찍 도착하자,

"…응?"

위험한 녀석이 오도카니 서 있었다.

제일 먼저 눈에 들어온 것은 그 복장이었다. 온몸을 감싼 민소매의 새하얀 고딕 롤리타풍 의상. 치마 앞쪽이 벌어져 하얀 맨다리가 드러나 있다. 무슨 생각인지 조각난 가면 같은 걸 쓰고 있다.

특히 눈을 의심한 건 등에 엄청나게 큰 천사 날개 같은 게 달려 있다는 점이었다.

"저게… 뭐야."

아스팔트에서 피어오르는 아지랑이와 더불어 환각이라도 보는 줄 알았다.

하지만 현실은 무정한 법이다.

웅대한 순백의 날개가 달린 인물은 내 사랑스러운 여자친구가 확실했다.

움찔, 그녀가 나를 알아차렸다.

요염한 시선만 내 쪽으로 보내며 보기 드물게 들뜬 목소리로 입을 연다.

"흣, 왔구나."

"어… 저기… 쿠로네코?"

전율을 느끼면서 그렇게 묻자 역시 기운 찬 대답이 돌아왔다.

"큭큭큭… 아니, 틀렸어."

그녀는 천천히 가면을 벗었다. 숨겨져 있던 눈동자는 각각 금색과 빨간색의 컬러 콘택트렌즈를 껴서 오드아이 모드였다.

·········쓸데없이 잘 어울리는 게 참···.

사랑스러운 여자친구의 코스프레에 가슴 두근거리는 내 앞에서
쿠로네코는 손등을 힘껏 젖히고 한쪽 다리를 들고서 경쾌하게 이름
을 밝혔다.

"···지금의 나는 성천사 '카미네코'. 어둠의 권속에서 새하얀 천사
로 환생한 존재다."

"아침부터 제정신이 아니네. 너무 늦기 전에 시원한 곳으로 가
자."

"나의 권속아··· 그 차가운 말은 조심하는 게 좋지 않을까."

내 얼굴에 손가락을 매섭게 들이대는 성천사님.

달리 할 말 있을 텐데? 라며 커다란 날개를 슬쩍슬쩍 보여준다.

아무래도 상대해주지 않으면 대화가 진행이 안 될 것 같다.

나는 할 수 없이 물었다.

"그 옷은 뭐야?"

"성천사의 옷이야."

팔랑, 그 자리에서 회전하는 쿠로네코··· 아니, 요청한 대로 카미
네코라고 부를까.

카미네코 씨, 오늘 복장에 참 자신이 만만하신 것 같으시네요.

이 녀석의 이렇게 우쭐한 얼굴을 보는 건 오랜만이었다.

"그··· 등에 달린 커다란 날개는?"

"타천사에서 성천사로 '클래스 체인지(반전)'하면서 '심벌(상징)'
이 '머티리얼라이즈(현재화)'한 거야."

"그렇구나."

무슨 소리냐.

"그런데 그거, 용케 현관을 통과했구나."

먼저 그 부분부터가 의문이다. 이 커다란 날개는 우리 집 현관이라면 분명히 걸려서 통과하지 못할 텐데.

"응… 나도 나오기 직전에 날개가 현관을 통과하지 못한다는 걸 깨닫고 당황했지. 하지만 순간의 기지를 발휘해 밖에서 장착하면 된다는 걸 깨달았어."

"그래… 깨닫고 말았구나."

현관에 걸린 카미네코 씨, 참 귀여웠겠네.

말리는 가족 없었나?

"그렇게 무사히 이 착탈식 윙 파츠 '신마'를 장착한 채 당신과의 데이트에 임할 수 있게… 되었다."

"네이밍 센스도 참 재치가 있네."

"그렇지."

에헴 하고 가슴을 당당하게 펴는 카미네코.

그대로 날개 무게에 뒤집히고 말 것 같으니 받쳐줘야지.

"아, 괜찮아?"

"으, 응… 고마워… 윙 파츠의 중량은 앞으로의 과제군."

그 의상, 오늘만 입는 건 아니었냐.

카미네코는 내 도움을 받으며 자세를 잡더니 방금 전에 넘어질 뻔했던 사람으로는 여겨지지 않는 당당한 목소리로 말했다.

"자, 선배. 성천사 옷을 입은 나에 대해 총평을 해줘."

"감상은 말했잖아."

"나의 '성스러운 해설'을 듣고 난 다음의 총평 말이야."

"총평이라…."

매우 형식적인 표현을 쓰는군.

그러니까 첫 데이트의 복장에 대해 남자친구로서 의견을 말해보라는 소리잖아.

흐음, 그렇다면.

"그럼 솔직하게 말하겠는데…."

"그래… 어때?"

나의 뚫어질 듯한 시선을 온몸으로 받으며 약간 긴장한 표정을 짓는 쿠로네… 카미네코.

그런 그녀에게 나는 진지한 목소리로 말했다.

"그 성천사 의상 말인데…."

"…꿀꺽."

"굉장히 좋은 것 같은데?"

"지, 진짜?"

"응."

네가 기뻐한다면 그게 제일이지.

원한다면 나는 카미네코와 함께 어디에든 가겠다.

자신 있는 옷을 칭찬받은 카미네코는 자기 가슴팍을 만지며 말했다.

"조금 대담하진 않을까 걱정했지만… 당신이 하얀 옷이 어울린다고 해줘서…."

합숙 때 입었던 흰 원피스를 말하는 거겠지. 그건 정말 잘 어울렸다.

평소와 분위기가 확 바뀌어 새로운 매력이 넘쳤고.

"오늘 입은 옷도 잘 어울려."

"…그 말 정말이야?"

"그럼."

진짜 정말 사실이다.

물론 처음엔 놀랐고 깨기도 했지만 초현실의 근원이었던 가면을 벗고 나니 역시 그녀에겐 흰색이 잘 어울렸다. 평소의 검은 사복에 비해 가벼운 디자인에 피부 노출도 많고.

"평소보다 섹시한 것 같아."

"…바보."

화끈 얼굴을 붉히고서 저벅저벅 걸어가버린다.

어떻게 된 구조인지 그녀의 마음이 반영되기라도 한 것처럼 천사 날개가 파닥거린다.

나는 즐거운 기분이 되어 나풀나풀 하늘을 날아갈 것 같은 발걸음으로 그녀를 뒤쫓았다.

그대로 교사를 빙 도는 것처럼 걸어가 벗나무 아래에서 멈춰 섰다.

"자… 권속아. '그것'을… 써 왔겠지?"

"물론이지."

카미네코 씨의 한쪽 다리를 드는 독특한 자세는 더 이상 지적하지 않기로 하자.

우리는 각자 집에서 써 온 '데스티니 레코드(운명의 기술)'를 상대에게 건넸다.

한 장의 바인더용 종이다.

"너도 써 왔구나."

"당연하지. 아무리 상대가 나… 남자친구라 해도… 크리에이터로서 부전패는 있을 수 없는 일이잖아."

남자친구란 말에서 더듬거렸다.

굉장히 이해가 된다. 나도 사귀는 사람을 '여자친구'라고 말하려고 하면 그렇게 되니까.

나는 카미네코가 당황하는 걸 눈치 못 챈 척 넘어갔다.

"아니, '어떤 내용을 써 올지' 승부하는 것도 아닌데…."

사랑하는 여자친구가 써 온 기술로 눈을 옮겼다.

"어디 보자… 윽."

그대로 얼어붙었다.

카미네코가 써 온 내용이 내 예상을 훨씬 뛰어넘은 것이었기 때문이었다.

"너, 너… 이거…."

한마디로 말하면….

검다.

페이지가 완전히 시커메!

백지 부분이 더 적을 만큼 작은 글씨로 빈틈없이 **빽빽하게** 글이 적혀 있었다.

연인의 의식… 새콤달콤한 주문… 아니었냐.

…무슨 저주의 주문 같은 '어둠'이 느껴지는데.

"…큭!"

외면하고 싶어질 정도의 압박감이 느껴졌지만, 그래선 남자친구 자격 미달이다…!

"으아아…!"
나는 이를 악물고서 거기 적힌 내용의 해독에 들어갔다.

…선배에게서 날 좋아한다는 말을 듣는다.
…연인끼리 서로 이름으로 부른다.

어? 귀, 귀여운 내용이잖아…!
우와아, 언뜻 봐서는 저주의 문서인데… 의외네!
"…저기, 있잖아."
"왜, 왜?"
나는 일단 '데스티니 레코드(운명의 기술)'에서 고개를 들어 딱딱하게 굳어 있는 그녀에게….

"…좋아한다, 루리."

"…후아!"
카미네코의 얼굴이 순식간에 새빨개졌다. 아마 나도 마찬가지일 거다.
연인끼리 서로 이름으로 부른다.
그것만으로도 쑥스러워 미칠 지경인데 거기에 사랑 고백까지 하다니.
코우스카 쿄우스케에게는 너무 벽이 높은 과제였다.
하지만 아무래도 쿠로네코에게도 마찬가지였나 보다.
"가, 갑자기 무슨 소릴 하는 거야…."

카미네코는 흐물흐물 그 자리에 쭈그리고 앉아 얼굴을 가리고 말았다.

"아니, 네가 요청한 거잖아!"

"그, 그건 그렇지만… 마음의 준비란 게 있다고. 절차라거나 여러모로 따질 게…. 너, 날 죽일 작정이야?"

얼굴을 가린 손가락 틈으로 찌릿 노려본다.

나는 한껏 기가 죽어 한심하게 말했다.

"다음번! 다음번엔 조심할게!"

"게, 계속 추격하다니…?"

추격이라니!

"아니, 이거 양이 너무 많잖아! 빠르게 처리하지 않으면 오늘 안에 소화하지 못할걸!"

"…내 '아르카디아(소원)'를 과제처럼 말하지 말아주겠어."

스르륵, 공포 영화 등장인물처럼 일어서는 카미네코.

…우와, 화가 났나 본데!

제길! 여자친구와 즐거운 추억을 만들기 위한 '데스티니 레코드 (운명의 기술)'였는데…!

왜 분위기가 이렇게 험악해지는 거냐고! 아아… 되는 게 없네…!

아랫입술을 삐죽 내민 카미네코는 아스팔트 바닥을 매섭게 가리켰다.

"꾸짖어줄 테니까 무릎을 꿇어라, 쿄우스케."

"달궈진 아스팔트로 남자친구를 지질 셈이냐! …어."

따지는 도중에 깨달았다.

"너… 지금… 내… 이름…."

"…난 이렇게 적었어. …서로 이름을 부르자고."

화난 얼굴을 스르륵 풀며.

"이제 달성됐네."

······························참 나.

이런 공주님이라면 얼마든지 밟혀주겠어.

…연인끼리 서로 이름으로 부른다.

두 사람만의 세계에 들어선 우리를 지나가던 사람이 미심쩍은 눈으로 바라보고 있었다.

중2병 커플의 기행이 어느 정도 일단락이 나고 제정신을 차린 우리는 재빨리 자리를 이동했다. 우리가 향한 곳은 공원이었다.

여기라면 사람도 없으니 서로의 '소원'을 이루는 자리로는 안성맞춤이다.

"그, 그럼… 계속 하자… 선배."

"응? 이름으로 부르기로 한 건 벌써 끝이야, 루리?"

"…생각했던 것보다 부끄러워서 조금씩 익숙해지기로 해."

"알았어."

쓴웃음을 지으며 고개를 끄덕였다.

솔직히 나도 동감이었다.

여자친구가 이름으로 부르는 건 파괴력이 장난이 아니더라고.

이제부터는 호칭을 루리도 아니고 카미네코도 아니고 쿠로네코로 되돌리겠다.

"그럼 어서 해보자고. 물론 과제가 아니라… 하나씩 즐기면서."

"응."

"내가 써 온 건 얼마 안 되니까 나중에 하기로 하고…."

나는 쿠로네코의 '데스티니 레코드(운명의 기술)'를 다시 읽어보았다.

으음… 너무 글씨가 작아서 읽기 힘드네.

어디 보자… 뭐라고?

…선배와 인터넷 게임 세계에 갇힌다.

…이세계 전이 마법을 개발해 선배와 둘이서 온갖 세계를 여행한다.

…S급 실력을 가진 B급 모험자가 된다.

"……………."

이거 위험한데. 나보고 어쩌라는 거야.

"? 왜 그래, 선배?"

"아니… 인터넷 게임… 할래?"

"어머, 웬일로 그런 제안을 하지. 그것도 나쁘지 않네. 하지만 지금은 이제 막 사귀기 시작한 단계인데 같은 공간에서 할 수 있는 놀이를 우선시하자."

"그, 그렇지."

내 여자친구는 하는 말은 참 상식적인데 쓰는 건 굉장히 위험하단 말이죠.

으음… 일단… 아무리 생각해도 실현 불가능한 건 건너뛰고… 그 밖에… 할 수 있을 만한 게 없나…?

…유니크 스킬에 각성해 선배와 함께 여신을 쓰러뜨린다.

…선배 배를 만지고 싶다.

…선배와 내세에서 재회했을 때에 대비한 회의를 한다.

【걱정 I】사후 세계가 있을 경우엔 어떻게 할 것인가.

【걱정 II】내세에서 남매로 태어나버린 경우.

【걱정 III】내세에서 동성이 되어버린 경우.

【걱정 IV】마법이 있는 세계일 경우.

【걱정 V】환생한 나와 선배가 마왕과 용자가 되어 싸울 경우.

…같이 그림을 그리고 싶다.

…날개를 만져달라고 한다.

"⋯⋯⋯⋯⋯."

훈훈한 것과 굉장히 위험한 걸 번갈아 쓰니 좀 삼가주겠어요.

…날개라니, 너… 만지는 데 무슨 의식적 의미가 있을 것 같아서 무섭습니다만.

"쿠로네코…."

"네?"

"저기……… 배 만질래?"

"어머, 괜찮아?"

"뭐, 그 정도라면….."

뭐가 즐거운지 도통 모르겠지만.

우리는 벤치에 나란히 앉았고, 쿠로네코는 내 배를 문질문질했다.

참 비현실적인 상황이다. 쿠로네코는 지극히 만족스러운 모습으로 한참 동안 그러더니.

"후우… 만족했어."

"잘됐네."

"이번엔 내 차례군."

"응?"

"내가 네 '아르카디아(소원)'를 들어줄게… 그래봤자 서로 생각하는 것 같은 것 같네."

쿠로네코는 벤치에서 일어서더니 가방에서 다른 한 장의 바인더용 종이, '데스티니 레코드(운명의 기술)'를 꺼냈다. 그러고선 내게 보여주었다.

거기에는 나와 쿠로네코의 일러스트가 그려져 있었다.

두 사람이 사이좋게 손을 마주 잡고서 걸어가고 있다.

…손잡고 걷고 싶다.

내가 어젯밤에 쓴 '소원'과 같은 그림이었다.

그리고 뺨을 핑크색으로 물들인 그녀가 나를 향해 손을 내밀고 있었다.

"그런 것 같네."

나는 그 손을 잡고 걷기 시작했다.

여름 오전. 매미 소리가 시끄러운 가운데 정처 없이 산책을 한다.

대화는 없다… 아니, 너무 긴장해서 대화에 신경을 쓸 상황이 아

니다. 타는 듯한 더위조차 느껴지지 않고 오직 손끝이 닿는 감각만이 또렷했다.

처음 손을 잡은 건 아니었다.

하지만 사귄 뒤 처음으로 '연인으로서' 손을 잡았다.

이렇게나 다를 줄은 생각도 못 했는데.

"………."

"………."

손끝만이 살짝 닿아 있다.

우리는 주위 사람들 눈에 어떻게 보일까? 엄연한 연인으로 보일까?

아니면 제대로 여자친구 손도 못 잡는 한심함까지 다 드러나 보일까….

"선배."

쿠로네코의 목소리가 나를 생각에서 끌어냈다.

걸음을 멈추고서 시선을 옆으로 돌리자 그녀는 결연함에 찬 얼굴로 나를 올려다보았다.

"완수해내겠어… 그게 운명이라면."

애니메이션에 나올 법한 멋진 말과 함께 내 손가락에 손가락을 얽었다.

소위 연인의 손잡기란 자세다.

찌리릿… 등을 타고 묘한 감촉이 느껴지고 목소리가 절로 튀어나왔다.

"이, 이상한 소리 내지 마."

"미안… 간지러워서. …아… 이게 뭐지."

머리가 핑글핑글 돈다…. 쓰러질 것 같다.

태양 때문은 아닐 거다.

"…싫, 어?"

"아니, 기뻐."

"…그, 그래. 그럼 다행이고."

굳게 손을 잡은 우리는 다시 나란히 걷기 시작했다.

이제는 누가 봐도 연인으로 보이겠지.

그게 기쁘고, 부끄럽고, 즐겁고.

뿐만 아니라 말로 표현하기 힘든 여러 감정들이 머릿속을 뛰어다닌다.

…쿠로네코 녀석, 의외로 세게 밀고 들어오네.

남자인 나보다 훨씬 적극적으로….

그래놓고서 행동한 뒤에 부끄러워한다.

지금도 그녀는 나를 이끌 듯이 마주 잡은 손을 잡아당기고 있었다.

"야, 어디 갈 데 있어?"

대충 산책하는 거라고만 생각했는데.

그 질문에 쿠로네코는 더위와 그 외의 이유로 얼굴을 붉힌 채 말했다.

"응, '데스티니 레코드(운명의 기술)'와는 별개로, 선배가 해줬으면 하는 게 있어."

"뭐든지 말해."

"내용도 듣지 않고 괜찮겠어?"

"괜찮아. 뭐든지 들어줘야지. 난 네 남자친구니까. 마음껏 어리광 부려주는 게 기쁘지."

"…고마워, 쿄우스케."

"으… 응."

가끔 허를 찌르는 공격 좀 삼가주실래요? 심장이 멎는다고.

참 나…. 뜨거워진 뺨을 손가락으로 긁적인다.

"그럼 눈치 보지 않고… 말할게."

그런 다음 쿠로네코는 남자친구에게 '첫 어리광'을 말했다.

"우리 집에서 식구들을 만나줘."

"그래! 얼마든… 뭐어어?!"

첫 데이트에?! 설마요!

따, '따님을 제게 주세요'를 하라고….

"…왜 그렇게 놀라는 거야?"

반대로 너는 왜 그렇게 태연한 건데?

중증 부끄럼쟁이면서! 연애 면에서는 완전 고지식한 아가씨면서!

'남자친구를 식구들에게 소개한다'는 건 굉장히 큰 이벤트 아니냐!

…나와 쿠로네코의 사고방식이 좀 많이 다른가?

아까부터 계속 밀리기만 해서 풋내기 남자친구는 당황스럽기만 하다고.

"아니, 아무것도 아니야."

"그래. 그럼 가자."

이해가 안 되네….

사귀게 되어 서로에 대해 알아가자는 상황인데 오히려 미스터리어스한 부분이 늘어나는 기분이다.

…사귄다는 건 참 어려운 거구나.

그렇게 해서….

"선배… 선배?"

"응? 어, 응… 왜?"

쿠로네코의 집으로 가는 도중에 나는 필사적으로 그녀의 마음을 고찰하기도 하고 각오를 다지려고 시도해보기도 했다.

하지만 그런 느긋한 시간을 내 여자친구는 주지 않았다.

"다 왔어."

"어? 벌써?"

황급히 주위를 둘러보았다. 낯익은 풍경… 설마가 아니라 우리 집 근처다.

이렇게 가까이에 살고 있었구나.

지금까지 쿠로네코는 일관되게 우리를 집에 초대하려 들지 않았으니까.

키리노도 여기에 온 적은 없을 거다.

약간의 우월감. 어떠냐, 키리노. 내가 너보다 먼저 쿠로네코 집에 초대됐다.

쿠로네코의 집… 고코우가는 고풍스러운 일본식 가옥이었다.

좀 더 구체적으로 말하면 80년대풍 집이었다.

쿠로네코가 카미네코 의상의 날개를 벗어서 안아 들었다.

"선배, 잠깐만 기다려. 가족들한테 말하고 올게."

"그, 그래… 근데 오늘 너희 부모님은."

"아버지가 계셔."

"그, 그래."

압박감이~~~~!

뻣뻣하게 굳어 있는 나를 쿠로네코는 신기하다는 듯이 쳐다보고서 집으로 들어갔다.

나는 그녀가 돌아오기까지 몇 분 동안 눈을 질끈 감고 가슴을 억누르고서 마치 입사 최종 면접, 그 대기실에 있는 것처럼 고통스러운 시간을 보내게 되었다.

마침내 쿠로네코가 현관에서 나와….

"들어와."

왔구나! 드디어! '여자친구의 아버지'와 대면할 시간이…!

우오오오오! 가자! 가자가자가자! 코우사카 쿄우스케, 남자다움을 보여주겠어…!

"좋아! 나한테 맡겨라!"

"…왜 그렇게 기운이 넘치는 거야?"

"하하하! 아무것도 아냐!"

태연하고 밝은 태도로 나는 고코우가의 부지 안으로 발을 들였다.

작은 마당이 있었는데, 안으로 들어서자 정면과 오른쪽으로 복도가 뻗어 있었다.

신발을 벗고 안으로 들어서던 순간,

"……."

나는 숨을 삼켰다.

굉장히 아름다운 사람이 천천히 맞은편에서 걸어오고 있었기 때문이었다.

무서울 정도로 예쁘고 가슴이 납작하며 처진 어깨에 새하얀 셔츠를 입은 인물. 표정은 부드러우며 향기가 느껴질 것처럼 섹시함이 감돈다.

현실감이 희박한 미모.

쿠로네코의 가족인가? 둔해진 머리로 그렇게 생각했다.

여동생… 은 아니겠지? 딱 봐도 나보다 연상인데.

그렇다면… 쿠로네코의 언니?

긴 검은 머리를 한 미인이 내 앞에 멈춰 서서 입을 열었다.

"안녕하세요."

"아, 네, 안녕하세요…."

가까스로 목소리를 쥐어짰다. 그리고 어색하게 인사하며 준비해 둔 대사를 꺼냈다.

"처음 뵙겠습니다, 코우사카 쿄우스케입니다. 루리와 사귀고 있습니다."

그러자 내 자기소개에 여성치고는 약간 낮은 목소리로 대답을 한다.

"처음 뵙겠습니다, 고코우 시즈카입니다."

"루리의 아빠예요."

아아, 이 사람은 쿠로네코의 언니가 아니라 아버지였구나.

그렇구….

"아, 아버지?"

잘못 들었나 싶어서 옆에 있는 쿠로네코를 보자 그녀는 작게 한숨을 쉬며,

"우리 아빠야."

이렇게 딱 잘라 말했다.

"………."

네에…?

지금 나는 눈알이 튀어나올 것 같은 얼굴일 거다.

아니… 그래, 물론… 여자치고는 가슴이 없다고는….

모… 목울대… 있, 나?

정말 모르겠다. 엄청나게 예쁜 여자로밖에 안 보이는데.

다만 쿠로네코와 닮았다는 생각은 들었다. 피가 섞인 게 느껴지는 얼굴이다.

쿠로네코가 어른이 되면 이렇게, 여성으로서 완성된 미모를 갖게 되겠지.

아니, 근데 이게 여자친구 아버지를 상대로 품을 생각은 아니잖아!

너무 늦었는지도 모르겠지만, 나는 황급히 냉정을 가장했다.

"저기, 제가 실례했습니다… 죄송합니다."

"신경 쓰지 마요. 아버지다워 보이지 않는다는 건 알고 있으니까요."

그는 수줍게 내게서 살짝 시선을 피했다.

"나야말로 두 사람을 방해한 것 같아서 미안하네. 사귀게 되자마자 여자친구 아빠를 만나고 싶진 않았을 텐데."

"아, 아닙니다."

그렇다고 할 순 없잖아!

그런 내 속내를 그도 알고 있는지 미안하다는 듯이 말했다.

"딸의 첫 남자친구에게 인사 정도는 하고 싶어서. 잠깐만 이야기해도 될까?"

"물론이죠."

"고마워요. …아아, 그렇게 긴장할 것 없어. 일단 고맙다고 말하고 싶어서."

"고맙다, 고요?"

뭐가? 그는 나의 의문을 알아차렸는지 이렇게 말했다.

"여러모로. 예를 들면 합숙 건도 있고. 네가 없었다면 루리는 참가하지 않았을 거고, 애초에 동아리에도 들어가지 않았을 거라고 들었거든. 그전에도 몇 번이나 도움을 받았다고 하던데."

그는 자기보다 훨씬 어린 나에게 깊이 머리를 숙였다.

"코우사카 쿄우스케 씨, 우리 딸아이가 늘 신세를 지고 있습니다."

그런 아버지를 본 쿠로네코는 살짝 몸을 굳히며 뺨을 붉혔다.

하긴, 부모에게 남자친구를 소개하는 와중이니까. 반대 입장이었다면 아마 나도 이렇게 됐을 거다.

적어도 그녀의 긴장을 풀어야겠다는 생각에서 부드럽게 말했다.

"제가 좋아서 한 일이고… 저도, 동생도 쿠로네… 루리에게 늘 신세를 지고 있는걸요. 그러니까 서로 돕는 거죠."

여유로워 보일지도 모르지만 속은 완전 어쩔 줄 모르고 있었다.

쿠로네코의 아버지가 내가 생각하던 시뮬레이션과 너무나 달랐기 때문이다.

굉장히 겸손한데다 지나치게 우호적이고… 엄청나게 예쁘기까지.

어떡하지… 라는 게 솔직한 심정이었다.

"그래."

그는 작게 고개를 끄덕였다. 그러고서.

"아… 내 앞이라고 해서 평소랑 다른 호칭을 쓸 필요는 없어. 서로 닉네임으로 부른다는 이야기는 들었으니까."

"알겠습니다. 그럼 쿠로네코라고 부를게요."

'루리'라는 호칭에 익숙해지기 전까지는.

서로 조심스럽게 인사를 나누자,

"…………."

"…………."

조용한 적막이 그 뒤를 따랐다.

나는 너무 긴장해 먼저 입을 열 수 없었고, 그도 가만히 서 있기만 했다.

"…둘 다 거기서 그러고 있지 말고 안에 들어와서 이야기하지그래?"

쿠로네코가 보다 못한 듯이 말했다.

"아, 응…."

"그, 그렇지."

수동 모드가 되어버린 두 남자의 엉덩이를 쿠로네코가 두드리듯이 하며 분위기를 이끌어갔다.

그러고서….

우리 셋은 대화도 없이 복도를 걸어갔다.

조금 어색한 분위기가 잠시 동안 이어지다가 문득 쿠로네코의 아버지, 시즈카 씨가 조용히 말을 던졌다.

"실은 나도, 긴장했거든."

"네?"

"딸의 남자친구와 만나는 건 책임이 중대한 일이니까…."

새하얀 손으로 가슴을 짚는다.

그 몸짓은 겁먹었을 때 쿠로네코가 하는 것과 똑같았다.

아무래도 굉장히 소심한 사람인가 보다.

나는 아버지라고 하면 '우리 아버지'를 기준으로 생각하게 되기 때문에 쿠로네코 아버지의 성격은 상당히 의외로 느껴졌다. 그 이상으로 겉모습에 깜짝 놀라기도 했지만.

그때 앞쪽의 미닫이문이 열리더니.

"아빠! 루리 언니 남자친구 왔어?!"

씩씩한 소녀가 튀어나왔다.

오, 이 목소리는….

"끄아…! 뭐야, 그 위험끔찍한 옷은! 세상에, 설마 그 꼴을 하고 데이트 갔었어?! 용케 안 차였네!"

고코우 히나타… 쿠로네코의 동생이다.

그녀의 발랄한 목소리만은 나도 알고 있다.

성천사 카미네코 님은 히나타의 상식적인 목소리에 귀를 기울이지 않고 한심하다는 듯이 말을 던졌다.

"히나타, 얌전히 방에 있으라고 했잖아."

"뭐어~? 슈퍼 네거티브 낯가림쟁이 언니가 남자친구를 집에 데리고 왔는데?! 어떻게 가만히 있을 수 있어!"

두다다다 뛰어와서는.

"아빠, 딸 남자친구한테 따끔하게 말해줬어?"

"물론이지. 엄마가 부탁했잖니."

"정말? 수상한데~. 아빠는 너무 연약하잖아~."

"제대로 말했다고. 그치?"

"아, 네."

따끔하게 들은 건 없긴 한데.

아니, 그의 인식에선 그게 '따끔하게 말했다'는 수준인가?

…연약하다는 히나타의 표현이 딱 들어맞는 것 같다….

시즈카 씨는 자애로운 목소리로 히나타에게 말했다.

"그보다 히나타, 너도 코우사카 씨에게 인사해야지."

"아! 맞다!"

히나타는 내 쪽으로 몸을 휙 돌려 얼굴 전체를 써서 미소를 지어 보였다.

"안녕하세요! 제가 바로 고코우 히나타입니다…!"

씩씩하네! 나까지 기운이 샘솟는걸.

"코우사카 쿄우스케야. 잘 부탁해, 히나타."

"응! 요전에는 같이 루리 언니 설득해줘서 고마웠어! …뭐라고 불러야 되지?"

"편하게 불러도 돼."

"그럼 코우사카."

"그래."

애, 친구 많을 것 같은데.

굉장히 말 트기 편하다.

"애가 진짜…."

쿠로네코가 한숨을 쉬고서 히나타의 머리에 한쪽 손을 얹었다.

"미안, 선배… 동생이 무례하게 굴어서."

"아냐, 신경 쓰지 마."

"고마워. 아, 맞다… 둘째 동생도 소개할게."

그녀는 복도 앞쪽으로 시선을 돌렸다. 그러자 열린 문에 반쯤 몸을 감춘 단발머리의 작은 아이가 이쪽을 살펴보고 있었다.

저 아이는….

"타마키, 너도 이리 오렴."

"네에."

소녀는 타박타박, 작은 보폭으로 걸어와 내 앞에서 꾸벅 하고 깊이 머리 숙여 인사했다.

"고코우 타마키… 여서짤입니다!"

"안녕하세요, 코우사카 쿄우스케입니다. 잘 부탁해요."

나는 그 자리에 쭈그리고 앉아 눈높이를 맞추고서 자기소개를 했다.

인사도 잘하고 기특하네.

씩씩한 히나타와 똑똑해 보이는 타마키.

쿠로네코에겐 동생이 둘 있었나 보다.

그러고 보니 합숙 때 그런 말을… 했던 것 같기도 하네.

나는 고코우가 식구들에게 둘러싸여 다다미가 깔린 거실로 들어갔다.

나무로 된 낮은 탁자를 중간에 끼고 나는 '여자친구의 아버지'와 마주 보고 앉았다.

쿠로네코는 내 옆, 히나타와 타마키는 아버지에게 기대듯이 바싹 붙어 앉았다.

"엄마는 일하러 나갔으니까 오늘 선배에게 소개하고 싶은 가족은 이 셋이 다야."

쿠로네코가 말했다. 뒤이어 히나타가 탁자를 짚고 몸을 앞으로 쭉 내밀며 말했다.

"루리 언니한테 남자친구가 생겼다는 이야기를 듣고서 엄마가 제일 코우사카를 만나고 싶어 했는데 말이지!"

"그래?"

쿠로네코한테서 '아빠가 나를 만나고 싶어 한다'는 이야기는 들었지만, 엄마도 그렇다는 건 처음 듣는 이야기였다.

"아무래도 루리 언니의 첫 남자친구니까. 남자친구가 어떤 사람인지 걱정됐나 봐."

하긴 그건 그렇겠지.

"그래서 선배를 집에 데리고 오게 된 거야. 난 선배한테 실례되는 짓이고 미안한 일이라고 설득했는데…."

그렇게 된 거였구나.

"그런데… 쿠로네코… 집에서, 내 이야기, 했어?"

합숙 전 단계에서 히나타가 내 이름을 알고 있었으니 조금은 하지 않았을까 싶지만.

나를 가족들에게 어떻게 이야기했을지 궁금하다.

쿠로네코는 시선을 슬쩍 피하며 말했다.

"…그렇지는, 않았을걸."

"거짓말하지 말라고."

언니의 거짓말을 동생이 폭로한다.

아무래도 쿠로네코 본인보다 히나타한테 묻는 게 더 정확한 정보를 얻을 수 있을 것 같군.

"동아리에 들어가게 됐을 때부터였나, 루리 언니가 엄청 이상해졌거든. 엄마가 살살 꼬셔서 코우사카에 대해 알아냈어. '신경이 쓰이는 선배가 있다'더라고."

"호오, 그래."

"야… 히나타. 이상한 소리 하지 마."

"아니, 코우사카도 궁금하지?"

"완전 궁금해."

"거봐, 루리 언니는 좀 가만히 있어. …그래서 있지, '친구의 오빠'로 '지금까지 많이 신세를 졌다'는 이야기를 끌어냈어."

"흐음, 흐음."

흥미롭군. 좀 더 말해봐, 히나타 양.

"엄마랑 내가 '차이면 위로해줘야지' 하고 마음을 먹었었어."

"…처음 듣는 말인데… 아니, 왜 내가 차이는 걸 전제로 하는 거야…."

"아니, 루리 언니니까. …그래서 엄마랑 나랑 루리 언니한테 남친이 생긴다는 생각은 조금도 안 했단 말이야. 엄마는 얼마 전까지만 해도 그 일을 까맣게 잊고 있었을 정도였고."

"나는 아무 이야기도 못 들었는데."

이렇게 말하는 시즈카 씨. 딸의 연애 이야기에서 아버지는 제외되었나 보다.

"합숙 전에 했던 전화, 그때 처음 알았어. 루리에게 좋아하는 사람이 있다는 걸."

여름방학 전, 합숙에 참가할지 고민하던 쿠로네코에게 내가 전화를 걸었던 적이 있었다.

그때….

…다녀와라.

전화 너머로 부드러운 남성의 목소리가 들렸었지.

그게 아마 시즈카 씨의 목소리였을 거다.

"그 전화가 없었으면 난 지금도 딸애의 연애와 학교생활에 대해 모르고 있었을걸. 이렇게 딸의 남자친구와 만나지도 않았을 거고."

그렇게 생각하니 그날의 나는 중요한 갈림길에 서 있었던 것 같다.

"만나서 다행이야."

이렇게 말하며 그는 미소 지었다.

히나타가 버릇없게 나와 시즈카 씨 사이에 끼어들었다.

내가 이야기하고 있잖아! 라고 말하듯이.

"그래서 있지! 루리 언니가 합숙에서 돌아왔는데 엄청 들떠 있더라고…."

"어두운 방에서 이상한 춤을 추고 있었어요."

"타마키, 너까지…."

둘째 동생까지 '언니의 기행'을 말하기 시작하자 쿠로네코는 귓불까지 빨개지며 당황했다.

모처럼의 기회를 놓치지 않고 나도 편승해 계속해서 추궁했다.

"기뻐서 춤춘 거야?"

"…몰라."

결국 얼굴을 두 손으로 가려버린다.

"그래서 루리 언니가 합숙 때 남자친구를 사귀게 됐구나, 그건 금방 눈치챘지. 그래서 바로 가족회의를 연 거야."

"가족회의."

만약 우리 집에서 그런 게 열렸다면.

…코우스케, 너 여자친구 생겼어?

…어떤 애냐? 한번 데리고 와라.

우와… 너무 세다! 나라면 그냥 좀 내버려두라고 방에 틀어박혔을걸!

"그럼 다시 처음 이야기로 돌아가서."

"나를 데리고 오라는 말이… 나오게 됐다?"

"맞아. 그런데 엄마는 일을 빠질 수가 없어서, 대신 실업 상태라 집에 있는 아빠가 코우사카를 판단하는 역할을 맡게 됐다, 이렇게 된 겁니다! 설명 끝!"

"…그랬구나."

아버지 실업하셨구나. 힘들겠네.

그를 슬쩍 쳐다보자 이마에 땀이 맺혀 있다.

역시 궁지에 몰렸을 때 보이는 모습이 쿠로네코와 똑같았다.

"자, 그럼! 코우사카한테 사정을 다 말했으니까!"

짝 하고 시즈카 씨가 손뼉을 치며 화제를 돌렸다.

"다 함께 게임이라도 하며 놀까?"

"네…?"

나는 당황했다.

이 사람, 갑자기 무슨 소릴 하는 거야.

"저, 그래도… 괜찮나요?"

제가 따님의 남자친구에 걸맞은지 판단하려던 거 아니십니까?

그런 의미로 묻자,

"그렇긴 한데."

그가 당당하게 말했다.

"그것도 좀 무례한 것 같거든. 마치 이쪽이 일방적으로 시험하는 것 같잖아. 루리의 판단을 믿지 않는 것도 되고."

"아빠, 그런 훌륭한 의견을 갖고 있었으면 어젯밤에 엄마한테 직접 말했어야지."

"…혼나니까 직접 말은 못 해."

나약하다.

"오늘 제대로 역할 수행 못 하면 어차피 오늘 밤에 혼나지 않을까?"

"응…."

정말 나약하구나, 이 사람. 다른 말이 안 나온다….

"그러니까 내 나름대로의 방식으로 역할을 다할 거야."

"그게… 다 같이 게임을 하는 거랑 어떻게 연결이 되지?"

쿠로네코의 질문에 그는 온화하게 대답했다.

"같이 놀면 나와 상대가 어떤 사람인지 서로 잘 알 수 있잖아."

"그런가?"

"어느 정도는 그래. 예를 들어 네가 인터넷 게임에서 자주 만나 노는 사오리 씨를 봐. 그녀는 승패를 크게 중시하지 않고 게임 참가자 전원이 즐길 수 있도록 마음을 쓰지. 한편 키리린 씨는 어떻게든 루리를 이기고 싶다는 마음이 강해서 그게 초반의 무리한 공격으로 이어지지. 분명히 지기를 싫어하는 사람일 거야."

그렇게까지 게임에 성격이 드러나는 법이다.

그는 그런 말을 했다.

마음속의 의문을 쿠로네코에게 던졌다.

"저기, 왜 쿠로네코의 아버지가 사오리와 키리노와 게임을 하시는 거야?"

"멤버가 한 명 더 필요할 때 내 '친구'라는 이름으로 참가시킨 적이 있어."

"사오리와 키리노는 '수수께끼 친구'의 정체를 모르는 거구나."

사실 게임에 친구의 부모가 섞여 있었다는 건 걔네한테 알리고 싶지 않은 사실일지도 모르겠다.

뭐, 아무튼, 시즈카 씨의 제안을 거절할 이유는 딱히 없었다.

같이 게임을 하는 것 정도로 여자친구의 아버지와 우호적인 관계를 구축할 수 있다면 더할 나위 없는 일이니까.

"하죠."

"좋았어."

그렇게 되었다.

"그럼 뭘 할지 정해볼까. 다양하게 제안해볼 테니까 이거다 싶은 걸 골라봐."

"네!"

나의 힘찬 대답을 신호로 삼아 그는 들뜬 모습으로 준비에 들어갔다. 즐거워 보이는 얼굴이 쿠로네코를 닮아서 어른인데도 흐뭇한 기분이 들고 말았다.

"대전 격투 게임은 어때? 사실… 딸애한테 남자친구가 생기면 해보고 싶었던 대사가 있는데…."

그는 벽장에서 게임 패키지로 보이는 물건을 꺼냈다.

"이 왕년의 명작「월●의 검사」에서 나를 쓰러뜨리면 딸과의 교제를 인정하겠다."

"자기만 했던 오랜 게임으로 싸우겠단 발상이 참 짠하네."

"뭐야, 아까 일방적으로 시험하는 건 안 좋다는 식으로 말해놓고선."

"…응, 미안."

딸들에게 말로 두들겨 맞고 침울해한다. 그 후에 다시 마음을 다잡고 다른 게임을 꺼내 왔지만.

"그럼 철도는 어때? 다 같이 놀 수 있잖아."

"그것도 모든 게임 내용을 암기하고 있는 플레이어가 이기는 게임이잖아."

"아빠가 말한 대로네. 게임하기로 한 것만으로도 성격이 나오는구나."

"……."

완전히 입을 다물어버렸다. 커뮤니케이션 능력이 좋은 사람은 아니구나.

쿠로네코의 아버지.

강한 핏줄의 힘이 느껴진다…!

침묵이 굉장히 불편해서 아무거나 화제를 꺼내보았다.

"쿠로네코와 아버지 중에서 누가 더 게임 잘해?"

"내가 더 잘하지. 아빠가 잘하는 옛날 게임으로 붙으면 세 번 중에 한 번은 내가 지는 정도야."

"그거 굉장히 강한 거 아니냐?"

옛날 게임이 아니었더라도 내가 이길 수가 없었네.

'게임에서 이기지 못하면 딸과의 교제를 인정하지 않겠다'는 게 농담이라 다행이다.

착한 아버지라 정말 다행이야.

"하지만, 그러네…."

"뭘 알았다는 거야?"

"쿠로네코가 게임을 좋아하고 게임에 강한 건 아버지 영향이었구나 싶어서."

내가 그렇게 말하자,

"…………."

쿠로네코는 멍한 얼굴로 입을 다물어버렸다.

"…왜 그래?"

"아, 미안. 조금 놀라서. …지금까지 의식해본 적 없었는데… 선배 말이 맞다 싶어서. 내가 게임을 좋아하게 된 건… 진지하게 임하게 된 건…."

갑자기 눈빛이 차가워진다.

"어릴 때 대전 게임에서 아빠한테 가차 없이 당했기 때문이었어."

"어른스럽지 않구나…!"

흐뭇한 어린 시절의 에피소드인 줄 알았더니 전혀 아니었어!

"루리는 봐주면 화를 낸다고!"

황급히 변명하는 시즈카 씨.

그 말이 이해가 안 가는 것도 아니긴 하다.

쿠로네코는 진짜로 지기를 싫어하니까.

그때에도 이길 턱이 없는 상대에게 이길 때까지 도전했겠지.

눈물을 글썽이면서도 포기하지 않고.

그 광경이 눈에 선했다.

감개무량한 기분에 젖어 있는데.

"선배는 어떤 게임이 좋아?"

"어, 나? 글쎄… 나는 게임을 못 해서… 타마키도 같이 즐길 수 있는 게 좋을 것 같은데."

"역시 코우사카야! 좋은 제안인걸! 자, 아빠! 요청에 맞는 게임 꺼내 와!"

"좋았어."

…그렇게 해서.

나는 여름방학의 오전 시간을 쿠로네코의 집에서 쿠로네코의 가족들과 게임을 하며 보냈다.

이 집에는 '난이도가 낮은 여러 명이 즐길 수 있는 게임'이 별로 없어서, 넷이서 드림 캐스트라는 오래된 하드웨어의 파티 게임 같은 걸 한 다음에는 쿠로네코가 「이카루가」라는 굉장히 멋진 게임을 플레이하는 걸 다 같이 구경하며 수다를 떨거나, 게임 연구회 부장이 만든 「메기도라온」이란 쓰레기 게임을 시즈카 씨에게 시켜보기도 하며 즐겁고 시끌벅적한 시간을 보냈다.

…이걸로 조금은 서로를 이해할 수 있게 됐을까?

그건 모르겠지만… 고코우가의 단란함에 잠시라도 어울릴 수 있었던 것 같아서.

즐거운 시간이었다.

쿠로네코는… 아니, 고코우 루리는 집에선 이렇게 웃는구나 싶어서. 신선한 발견을 했다. 조금 더 그녀가 좋아졌다.

"선배, 점심 먹고 가."

"오, 그래도 돼?"

"응. …평소에 우리 집에서 먹는 것들이긴 하지만."

"꼭 먹어보고 싶네."

만약 먼 미래에 그녀와 부부가 된다면.

이런 일상이 계속되겠지.

언젠가 장인이 될지도 모르는 사람은 내내 「메기도라온」에 대해 불평을 늘어놓고 있었다.

태양이 서쪽으로 저물어간다.

나는 저녁 식사까지 신세를 질 수는 없어 마지못한 마음으로 집으로 돌아갔다.

쿠로네코와 사귀고서 한 첫 데이트.

기념비적인 날이 끝나간다.

돌이켜보면 소란스러운 하루였다. 시작부터 성천사 카미네코 때문에 깜짝 놀랐고, 이름으로 서로를 부르고, 손을 마주 잡고.

가족을 소개받고.

부모님 인사까지 마치게 되었다.

나도, 쿠로네코도 절대 적극적인 타입은 아닌데 겨우 몇 시간 만에 용케 이 정도까지 진전을 보였다 싶다.

내심 조금 기대했던… 첫 키스는 연기됐지만.

아직은 좀 이르지 않냐고 납득하기로 했다.

그렇다. 나도, 쿠로네코도 마음의 준비가 안 됐다고나 할까….

우리는 플라토닉 커플이니까! 사귀기로 하고 바로 데이트에서 키스를 하는 경박한 커플들과는 다르니까!

변명하는 거 아냐! 어흠, 아무튼….

"아아… 재미있었다."

진심으로 그렇게 생각했다. 최고의 하루였다고.

그렇게 우리 집에 돌아왔다.

"다녀왔습니다…."

현관에 들어서자 묘한 느낌이 들었다. 굉장히 그리운 냄새가 난달까… 뭐라고 표현은 잘 못 하겠는데….

가슴이 조이는 듯한 향수가 갑자기 소용돌이쳤다.

"……?"

자신의 이상한 상태에 고개를 갸웃거리면서 신발을 벗고 집 안으로 들어섰다.

무심히 거실을 들여다보다가….

환각인가? 하고 눈을 비볐다.

여기에 있을 리가 없는 녀석의 모습이 보였기 때문이었다.

소파에 앉아 있던 환각은 내 인기척에 뒤를 돌아보더니.

"아, 어서 와."

"…내가 할 말이다."

그렇게 대답하는 것도 버거울 지경이었다.

내 여동생이 이런 곳에 있을 리가 없어.

코우사카 키리노가 돌아왔다.

■Nae yeodongsaengi irerke guiyeoul riga upser ⑯
kuroneko if

제2장

"너…."

염색한 갈색 머리, 웬만한 아이돌은 상대도 안 될 미모, 길고 쭉 뻗은 팔다리.

소파에 걸터앉아 쓸데없이 잘 어울리는 실내복을 입고서 편히 쉬고 있는 모습은 해외로 스포츠 유학을 떠났던 여동생이 틀림없었다.

코우사카 키리노.

몇 달 만에 동생과 맞닥뜨린 나는 그저 멍할 뿐이었다.

"…키리노, 맞지?"

그런 질문을 안 할 수가 없었다. 이게 꿈인가 의심이 됐으니까.

이젠 만나지 못할 줄 알았으니까.

"뭐야? 그럼 내가 누구로 보이는데?"

역시 꿈이구나. 내 동생이 이렇게 상냥하게 말을 할 리가 없잖아.

…뭐? 말 걸지 말아줄래?

이게 키리노다. 하지만 눈앞의 환각은 사라지질 않는다. 나는 곤혹스러워하며 입을 열었다.

"아니… 그게."

"여름방학이라 돌아왔어."

"아… 아아… 그런 거였구나."

유학 간 곳에도 방학 정도는 있겠지.

그렇다면 눈앞에 있는 키리노는 꿈도, 환각도 아닌….

"…아…."

만나면 하고 싶은 말이 많았는데.

마구 불평불만을 퍼부어주겠다고 다짐했었는데.

"어서 와라, 키리노."

솔직한 마음이 입을 뚫고 멋대로 튀어나왔다.

이거… 콧소리가 나버렸네.

"응, 다녀왔어."

키리노는 왠지 고개를 돌리고 있었다. 그리고 다시 내 쪽으로 고개를 돌렸을 때에는 심술궂은 미소를 짓고 있었다.

"너 나랑 오랜만에 봐서 울먹이고 있지? 으히히, 기분 나빠."

"바보야, 감기 기운이 있어서 그래."

"네, 네. 그렇다고 해두겠습니다요."

"…그래, 언제까지 있을 수 있어?"

"일주일쯤?"

"짧네. 여름방학이라면서?"

한 달쯤 푹 쉬며 일본에 있어야 되지 않아?

"부모님도 허전해하실 텐데."

"아니, 여름이니까 더 연습을 해야지."

"…그렇구나. 고생한다."

키리노가 멀게 느껴진다. 이렇게 바로 옆에 있는데도 말이다.

"뭐, 그렇지. 처음엔 조금 고전하긴 했는데… 이제 겨우 궤도에 올랐거든."

"흐음… 그러고 보니 엄마가 전언으로…."

내 힘으로 이겼다고! 바—보야!

"'내 힘으로 이겼다'고 한 그거… 무슨 소리냐?"

"응?"

키리노는 갑자기 여유를 잃고 당황하기 시작했다.

"아, 아… 그, 그거? 아니, 거기에 엄청 대단한 애가 있거든. 그날 겨우 이겨서, 그랬던 거야."

"헤에… '내 힘'이란 건?"

"어어? 아, 그게… 아, 아무것도 아냐!"

키리노는 이를 드러내며 으르렁대듯 거칠게 소리쳤다.

"아니, 그보다 일본에 있는 동안에 애니랑 게임을 소화해야 하니까! 너랑 이야기할 시간 없거든!"

잔뜩 화가 난 모습으로 쿵쿵대며 거실 문으로 걸어간다.

뭐야, 얘 도대체 왜 이래.

게임하느라 그렇게 바쁜 애가 거실엔 왜 나와 있는데.

이런 점은 참 여전하다니까.

그런 생각을 하고 있는데 키리노가 걸음을 멈추더니 슬쩍 나를 돌아보았다.

"너."

"어?"

"쿠로네코랑 사귄다며?"

"푸읍…!"

완전히 허를 찌르는 말에 숨이 막히고 말았다.

"너, 그걸 어디서…!"

"사오리한테서 들었어."

"아아…."

생각해보면 알 수 있는 일이다.

키리노와 나의 공통된 친구이자 그 일을 알고 있는 사람은 사오리밖에 없으니까.

입막음을 한 것도 아니고, 애초에 키리노에게 비밀로 해두자는 이야기도 없었다.

다만….

"너, 연락이 안 되니까."

"응, 그 점은 내가 잘못했어. 진짜 미안."

순순히 사과하는 모습에 나는 두 눈이 휘둥그레졌다.

키리노는 문고리를 만지던 손을 놓고 몸을 완전히 내 쪽으로 돌렸다.

"그때 난 다른 데에 신경 쓸 상황이 아니었거든. 사람들에게 말하면 어리광을 부리고 기댈 것 같아서…."

"……."

"일이 잘 풀리기 시작해서 겨우 안정이 되고 조금 여유가 생겨서… 여름방학에 일단 돌아오게 된 거야. 그래서 오랜만에 사오리한테 전화를 했는데….”

“화냈지?”

“응.”

키리노는 낮게 웃었다.

“엄청 혼났어. 다 내가 잘못했지. 반성하고 있어.”

“아아, 그렇구나.”

이 녀석은 나만이 아니라 절친인 사오리와 쿠로네코한테까지 아무 말도 없이 해외로 가버렸다.

그 바람에 사오리와 쿠로네코가 얼마나 우울해했는지, 외로워했는지 모른다.

특히 사오리는 평소의 그 녀석답지 않은 험악한 분위기로 마구 흥분했었다.

그랬는데 오랜만에 키리노가 연락을 했으니 사오리는 엄청 야단치고 화를 냈을 거다.

오늘 키리노가 여느 때와 달리 얌전한 이유가 이제야 이해됐다.

사오리와의 통화를 회상하고 있었는지 키리노는 행복하게 말했다.

“몇 시간이나… 계속 이야기를 했어.”

“그래.”

하고 싶은 말도, 원망의 말도, 쌓였던 말도 많았을 거다.

“겨우 용서를 받고… 그러고서 이제 쿠로네코한테 전화를 할 거라고 했더니….”

사오리가 나와 쿠로네코가 사귀게 되었다는 걸 가르쳐주었다고 했다.

"…흐음."

무슨 의도인지 모르겠지만 사오리의 판단에 따라 이야기를 한 거라면 불만은 전혀 없다.

불만은 없는데….

어째서 나와 쿠로네코가 키리노에게 이야기를 하면 안 되는 거였을까… 하는 작은 의문이 들었다.

아무튼.

"드디어 네게 보고할 수 있겠네. 나, 쿠로네코랑 사귀고 있어."

"응. …저기, 이럴 때 뭐라고 해야 좋을지 고민스러운데. …축하해."

"…응, 고맙다."

괜히 쑥스럽네. 얼굴이 뜨거워진다.

무슨 말을 해야 좋을지 망설이고 있는데 키리노가 이런 제안을 해왔다.

"내일 다 같이 만나지 않을래? 아키바에서 말이야."

"오, 그거 좋지."

바로 대답했다. 쿠로네코와 단둘이 만나는 기회가 하루 줄어드는데도 말이다.

이유는 말할 필요도 없을 거다. 안 그래?

"사실 사오리가 이미 기획을 하고 있거든. 내 귀국에 맞춰서."

"어? 앗!"

…실은 제가 '재회 파티'라는 것을 계획하고 있어서 말입니다.

"'재회 파티'란 게 이걸 말하는 거였구나!"

아아… 그래, 그렇구나.

그날 이미 사오리는 키리노에게서 귀국할 거란 연락을 받았구나.

…후후후, 쿄우스케 씨! 깜짝 놀랐지요?

친구가 의기양양해하는 얼굴이 뇌리에 떠오른다.

"참 나, 엄청난 서프라이즈네."

쓴웃음과 함께 내뱉은 투덜거림에는 감출 수 없는 기쁨이 배어나
오고 있었다.

그렇게 해서….

이튿날 오전. 나는 아키하바라역에서 내렸다.

동생과 이곳에 온 게 벌써 반년 만이구나.

"아키하바라! 으효오오오오! 드디어… 왔구나앗!"

키리노가 하늘 높이 만세를 하며 역 앞을 둘러본다.

"우와, 한동안 안 본 사이에 많이 변했네! 여기저기 둘러봐도
돼?"

"상관은 없는데 애들 만나서 같이 돌아볼 거 아냐?"

"잠깐만! 아직 시간도 남았으니까 가게 앞만 조금 구경하자!"

대답도 듣지 않고 돌진해버린다.

이런, 이런… 저 자식, 뭐가 저렇게 신났냐.

고코우가가 근처란 길 알았기 때문에 전철 타기 전에 합류하자는
의견도 나왔지만 쿠로네코가 거절했다.

키리노와의 재회는 평소처럼 하고 싶다고 했다.

'키리노의 귀환'은 그 녀석에게도 특별한 이벤트겠지.

그렇다면.

오타쿠 본능을 그대로 드러내며 뛰어가버린 누구 씨께선 아직 시간이 남았다고 했지만….

"선배."

이것 봐, 이 녀석이라면 일찍 와 있을 줄 알았다고.

나는 목소리의 주인을 향해 몸을 돌리고서 한 손을 들어 인사했다.

"여어, 쿠로네코. 안녕."

"안녕. 키리노는 어디 있어?"

쿠로네코는 고딕 롤리타풍 치마를 팔락이며 주위를 두리번거렸다.

"게이머즈 쪽으로 돌진해 갔어."

"…여전하네."

"그러게나 말이야."

우리 사이에 잠깐 침묵이 흘렀다.

어색하다거나 그런 건 아닌데… 왠지 그리운 느낌이다.

아아, 그래. 이건… 아직 쿠로네코가 후배가 되기 전.

우리가 그렇게 친하지 않았던 때.

키리노와 사오리가 자리를 비워 우연히 단둘이 있게 됐을 때의 그 느낌이다.

"하하, 설마."

"왜 그래?"

"아니… 너랑 처음 만났을 때가 생각나서. 늘 키리노랑 말다툼하느라 나하고는 거의 대화가 없었잖아. 그때에는 이렇게 사귀게 될 거라고는 생각도 안 했는데."

"응… 나도야."

"참 신기한 일이야."

"아니, 신기하진 않아. 이건 운명… 세계가 정한 게 아니라… 내가 정한 운명이지."

그 말의 의미가 잘 이해가 되지 않아 나는 쿠로네코 쪽을 쳐다보았다.

눈과 눈이 마주치고, 그녀가 웃었다.

"내 '투고'에 함께해줬지?"

그녀가 소설을 출판사에 투고하러 갔을 때 나는 같이 가줬었다.

"아아… 그런 일도 있었지. 그게….."

뭐 어쨌냐고 말하기도 전에.

"그게 당신을 좋아하게 된 첫 번째 계기야."

"……."

그대로 굳어버렸다.

"그, 랬, 구나."

"응… 한동안은 나도 깨닫지 못했지만… 당신은 날 위해 화를 내줬어. 같이 고민해줬고, 위로도 해줬어. 그게 기뻐서… 내 감정을 깨달았을 때 결심했지. …이 사람과 함께하자고."

마치 연인으로 교제하고 있는 지금이 통과점이라도 되는 것처럼 쿠로네코는 말했다.

"난 그렇게 결심하고 움직이기 시작했어. 그러니까 아무것도 신기할 건 없어."

"…그래."

"당신이 고백한 건 놀라긴 했지만."

"하하."

떠올리게 하지 마. 쑥스러워서 죽을 것 같다고.

그렇게 나와 쿠로네코는 둘만의 대화에 빠져 있었다….

그때.

"거기, 잠깐 눈 돌린 사이에 길거리에서 뭘 그렇게 시시덕대고 있는 거야?"

정면에서 들린 목소리에 고개를 들자, 싸늘한 눈을 한 키리노가 허리에 손을 짚고서 서 있었다.

순간적으로 쿠로네코가 경직해 조용히 속삭였다.

"키리노…."

"…오랜만이야."

씨익 웃는 키리노.

쿠로네코는 멍하니 한 걸음, 두 걸음 키리노를 향해 다가가 그 뺨을 만졌다.

"…정말… 키리노 너 맞아? 내가 머릿속에서 만들어낸 환각이 아니라?"

"당연히 진짜지. ……아니, 너 반응이 너무 과장돼서 무섭습니다만?"

안색이 창백해질 정도로 질색하는 키리노.

오랜만에 친구와 재회했을 뿐인데 일단 진짜인지 아닌지, 환각인지 아닌지부터 확인하려 드는 그 발상이 이상했다.

전화로 오늘 모임에 키리노가 올 거라고 이야기 들었잖아?

참 나, 이 녀석은 키리노를 도대체 얼마나 좋아하는 거람.

"…그쪽은 식문화가 다르다던데 식사는 제대로 했어? 환경이 바

뛰어서 건강이 안 좋아지진 않았고? 그리고….”

“아, 진짜! 네가 내 엄마냐!”

아니, 우리 엄마도 이 정도로 걱정하진 않았잖아.

“괜찮다고! 자! 이것 봐!”

건강 만점이야! 라며 키리노는 그 자리에서 팔짝팔짝 뛰어 보였
다.

그제야 겨우 쿠로네코도 안심한 듯했다.

“그래. 그럼 다행이고….”

“네 우정, 너무 무겁습니다만.”

“훗, 당시의 내겐 친구가 둘밖에 없었다고. 무거운 게 당연하지.”

“당당하게 말할 일이냐.”

키리노가 이렇게 난처해하는 표정을 짓게 만드는 건 이 세상에서
쿠로네코와 아야세 정도뿐 아닐까.

쿠로네코는 재회의 충격에 겨우 익숙해졌는지 호흡을 가다듬고
말했다.

“그럼… 이제 안심하고 불평을 할 수 있겠네. …키리노, 너 감히
나한테 아무 말도 없이 사라졌겠다.”

“미안.”

키리노는 순순히 사과했다. 나한테 그랬던 것처럼.

그러자 쿠로네코는 키리노를 매섭게 노려보았다.

“조건부로 한 번만 용서해주겠어.”

“…조건?”

“그쪽 연락처 가르쳐줘.”

“…그거구나, 조건이. 그냥 가르쳐줄 생각이었는데.”

"어서. 앞으로는 이쪽에서 연락해도 제대로 꼭 답하라고."

"알았다니까."

그렇게 해서….

쿠로네코가 채근해 키리노의 연락처를 자기 휴대전화에 입력했다.

오랜만의 교류를 흐뭇하게 지켜보고 있는데.

"무사히 화해한 것 같군요."

"그래, 잘됐… 뭐야."

어느새 사오리가 내 바로 옆에 자리해 있었다.

"놀랐잖아…."

"하하하, 죄송합니다."

빙글빙글 안경을 쓴 소녀는 그렇게 말하고 웃으며 두 사람의 모습을 흐뭇하게 바라보았다.

나는 그 등을 두드리며 말했다.

"사오리, 너도 갔다 와라."

"쿄, 쿄우스케 씨…."

처음엔 당황하던 사오리였지만.

"네, 저도 섞여볼까요."

전력으로 두 사람이 있는 곳으로 달려갔다.

그러고서.

"키리린 씨! 오랜만에 뵙습니다아아~~~~!"

와락! 두 사람을 휘감듯 끌어안는다.

"으앗!" "크… 윽."

체격이 더 큰 사오리의 친애의 표현은 강력해서 그녀에게 안긴 키리노와 쿠로네코가 비명을 터트렸다.

그래도 사오리는 놓지 않겠다는 듯이 단단히 힘을 주어 끌어안고 선 오랜만의 재회를 기뻐했다.

"저를 기억하고 계셨습니까?"

"기억하고 있으니까… 좀 놔봐!"

"이거이거이거이거! 키리린 씨! 키리린 씨! 오랜만입니다! 오랜만이에요! 후후후, 기쁘네요~!"

"내 말 좀 들어… 아, 너, 너 아직 화났지!"

"…야, 야, 사오리. 적당히 해라. 키리노는 몰라도 쿠로네코가 완전히 축 늘어졌잖아."

완전히 날벼락이지 뭐야.

보다 못한 내가 말리려 들자 사오리는 "이거 실례!" 하며 힘찬 기세를 유지한 채 두 사람을 놓아주었다.

목조르기에 가까운 허그에서 풀려난 쿠로네코는 숨을 헉헉 몰아쉬고 있었다.

"…큭큭큭… 감히 이런 짓을 하다니, 사오리. 내 등에 숨 막히는 오타쿠즙을 문질러댔겠지… 옷이 축축해져버렸잖아, 이 덩치야."

"으악! 뭐야, 목이 축축해졌잖아! 아, 뭐야~ 더러워! 땀 너무 많은 거 아냐? 재수 없어!"

"두 분의 가차 없는 욕설이라니 참으로 오랜만이군요…… 어, 키리린 씨?! 쿠로네코 씨?! 그 말은 소녀에게 너무 심한 거 아니십니까?!"

"알 게 뭐야! 으악, 감촉 완전 밥맛~."

이 인간들이…. 오랜만에 만나놓고 이러기냐.

이거, 아무래도 친구들의 '감동적인 재회 장면'이라고는 할 수 없겠는걸.

하지만 뭐, 그렇지.

'셋이 모인 평소의 모습'이 돌아온 것 같아 흐뭇한 기분이 든다.

잠깐 동안이긴 하지만. 나는 가방에서 수건을 꺼내 시끄럽게 떠드는 오타쿠들에게 건네줬다.

"자, 세 사람 거 다 있으니까 땀 닦고 화해해. 사오리는 포카리스웨트 마시고 열 좀 식혀라."

"이거 고맙습니다요. 역시 쿄우스케 씨는 준비성이 좋다니까요."

그러면서 수분을 보급하는 사오리.

"음, 나쁘지 않아."

이렇게 말하며 시건방지게 수건을 받아 드는 키리노. 오빠가 하인인 줄 아냐.

그리고 쿠로네코도.

"고마워, 선배."

"그거."

나와 쿠로네코의 대화에 키리노가 불쾌하다는 듯이 끼어들었다.

한가운데에서 우리 얼굴을 번갈아 보더니.

"너희 말이야, 나한테 할 말 있지 않아?"

나와 쿠로네코는 잠시 생각에 잠겼다가….

"네 에로 컬렉션은 잘 사수해놨다."

"네가 좋아할 법한 애니는 모두 녹화해놨어."

"와후, 진짜 잘했어! 완전 고마워! …아, 이게 아니라, 일단 사정은 듣긴 했는데 둘이 모였을 때 본인들의 입을 통해 듣고 싶달까… 아무튼 말이지!"

키리노는 뒷걸음질로 거리를 두고서 매섭게 우리를 손가락으로 가리켰다.

"그 '선배'는 뭐야?"

나는 쿠로네코와 서로를 쳐다본 뒤 대답해줬다.

"쿠로네코는 봄부터 내 후배가 됐거든."

"그이와 같은 학교에 입학했어. 그러니까 '선배'라고 부르게 됐지."

"'그이'~?!"

"키리린 씨! 키리린 씨! 얼굴이! 소녀가 보여선 안 되는 형상입니다요! 이렇게 될 것 같아서 제가 그날 전화로 미리 말씀을 드렸던 건데…!"

"물론 듣기는 했지만! 직접 눈앞에서 보란 듯이 저러는 걸 보니 다르잖아! 아! 그리고 얘네한테 이상한 소리 하지 마! 나 화난 거 아니거든!"

"말은 그러면서 제 구속을 당장에라도 찢어버릴 기세 아닙니까! 키리린 씨! 제발 진정하세요~!"

캬오오오오오오! 울부짖으며 날뛰는 키리노를 사오리가 필사적으로 붙잡고 있었다.

아니, 얘는 도대체 왜 화를 내는 거야.

그때.

"훗…."

쿠로네코가 앞으로 나서서 흥분한 키리노를 비웃듯이 말했다.

"보고가 늦어지고 말았는데, 나 며칠 전부터… 선배랑 사귀고 있어."

"ㅎㅇㅇㅇㅇㅇㅇㅇㅇㅇ음~. 하아아아아아아아~. …그래서?"

"앞으로는 나를 '언니'라고 불러도 좋아."

"누가 그렇게 부른대! 그, 그래, 알았어! 역시 넌 내 적이다!"

"적이 아니라 '언니'야. 자, 말해보렴. '루리 언니'… 하나, 둘."

"크으윽~! 너 지금 즐기고 있지!"

"그래. 반년 전의 슬픔과 분노가 깨끗이 치유되는 게 느껴져. … 역시 복수는 최고의 오락이야."

"너 진짜 성격 한번 좋구나!"

"고마워. 기쁘네."

"칭찬 아니거든…!"

키리노가 결국 사오리의 구속을 뜯어내고 쿠로네코에게 바싹 다가갔다.

쿠로네코는 가볍게 피하듯이 내 뒤로 몸을 가져왔다.

남자친구를 방패로 삼아서는.

"큭큭큭… 쿄우스케, 네 동생이 무섭다. 날 도와라."

"내 옆에서 으르렁대지 좀 마!"

나는 두 손을 들고 항복했다. 이 인간들, 내 주위를 빙빙 맴돌며 찔끔찔끔 공격을 해대고 있잖아.

"아얏!"

고양이 펀치와 촙 등이 자꾸만 내게 오폭한다!

"으쌰…! 슉슉!"

"큭큭큭… 그 정도 공격이 나한테 맞을 것 같아?"

그렇게 한참 동안 유치한 리얼 파이트를 즐기던 두 사람은 결국 만족했는지 거리를 벌렸다. 그러고서 키리노는 팔짱을 꼬고 말했다.

"흐음, 아, 그러셔! 사귀는구나! 내가 해외에 가서 자리를 비운 동안에! 친구인데 보고도, 상의도 없이 그런 짓을 하는구나? 흐으으음~. 그러셔?"

싸우기 전에 했으면 좋았을 대화를 시작했다.

쿠로네코는 실눈을 뜨고서 키리노를 비난했다.

"바보야. 네가 연락을 안 받아서 보고도, 상의도 할 수 없게 해놓고선 무슨 소리야."

"크윽…!"

"그래서 지금 보고하는 거잖아."

"그렇죠~. 네, 네, 잘 알겠어요오~."

키리노는 입을 삐죽거리며 토라진 목소리로 말했다.

그러고선 평소처럼 대화의 핸들을 확 꺾는다.

"나 이쪽에 오래 있지 못하니까 오늘 확인할게."

"뭘 확인하겠다고?"

"일단 물어볼 게 많아."

하여간 대화 능력이 참 떨어지는 동생이다.

필요한 정보가 전혀 전달되지 않잖아~.

그런데 쿠로네코는 자신 있다는 듯이 대답했다.

"그래, 좋아. 바라던 바야."

"와, 너 대단하다. 지금 그 말을 듣고 이해했어?"

"물론이지. 잘 들어, 선배. 이제부터 우리는 키리노에게서 교제를 인정받아야 해. 이건 키리노가 일본에 있는 동안 해결해놔야 할 의식이야. …선배, 당신이 내 가족에게 해줬던 것처럼 이번에는 내가 같은 걸 할 차례야. …그렇지, 키리노?"

"부, 부모님한테 인사까지 다 마쳤다니…!"

키리노가 고위력 빔을 겨우 막아낸 것 같은 자세를 취하며 경악했다.

하지만 그런 동생은 재빨리 자세를 고쳐 잡았다.

"하지만 뭐, 대충 비슷한 말이야."

진심이야? 우리의 교제에 대해 키리노가 뭐라 할 위치는 아니지 않나?

순간 그렇게 생각했지만 다시 생각을 바꿨다.

쿠로네코는 내 여자친구인 동시에 키리노의 절친이기도 하다.

그렇다면 쿠로네코에게 키리노에게서 나와의 교제를 인정받는 건 중요한 일이겠지.

"어쨌든 이야기할 생각이었으니까, 마음껏 물어봐."

"흥!"

키리노는 콧방귀를 뀌며 고개를 돌렸다. 분위기가 험악해지려는데 때마침 사오리가 끼어들어서 "진정하세요, 키리린 씨" 하고 달래기 시작했다. 그걸로 가시 돋쳤던 분위기는 바로 해소되었다.

"자, 여러분, 파티 장소로 갑시다!"

그리운 느낌에 가슴이 지끈거린다.

과거의 일상이 예전 그대로의 모습으로 다시 돌아왔다.

우리는 사오리의 안내를 받아 아키바를 걸어갔다.

도착한 곳은 어떤 건물의 3층에 있는 렌탈룸@아키밧토.

"여긴⋯."

"후후⋯ 옛날 생각 나지요?"

"응, 그러네."

엘리베이터에서 내리면 바로 접수창구가 있고, 장식이라고는 없는 복도에 여러 개의 문이 줄지어 있다.

나는 감개무량한 심정으로 가게 안을 둘러보았다.

"또다시⋯ 여기에 오게 되다니."

"키리린 씨와의 재회 파티라면 아무래도 여기가 좋을 것 같아서요."

"역시 사오리야. 좋은 선택이다."

사오리는 조금 쑥스러워하면서 접수를 하러 갔다.

한편 쿠로네코는 키리노와 이야기를 나누고 있었다.

"전에도 여기에서 파티를 했었지. 기억나, 키리노?"

"그럼, 그럼. 고양이 귀 메이드가 된 네가 완전 부끄러워서 어쩔 줄 몰라 했었잖아⋯."

"아, 아니거든."

아, 그런 일도 있었지.

커튼 뒤에 숨어 수줍어하던 쿠로네코가 엄청 귀여웠지.

그래그래, 그리고⋯.

그때⋯ 마지막으로 메이드복을 입은 동생이 여동생물 에로 게임을 선물해주는 굉장히 위험한 결말이 따라왔었다.

쳇⋯. 아아⋯ 진짜 그립다.

내가 동생과 함께 처음으로 아키바에 온 것은 불과 1년 하고 얼마 전….

그리 오래 알고 지낸 거리도 아닌데.

이렇게 깨닫고 보니 아키바 곳곳에서 추억을 찾을 수 있었다.

이 녀석들과 어울려 돌아다닌 기억이 배어 있다.

겨우 몇 년 사이에 거리는 점점 바뀌어가고.

우리가 만났을 때의 풍경은 어느새 추억 속에서만 볼 수 있게 되었다.

반년 전 키리노가 사라진 것처럼, 이 멤버로 모이는 나날이 언제까지 계속될지도 알 수 없다.

그래도 잊히지 않고 남는 건 있겠지.

"쿄우스케 씨, 이쪽입니다."

"응, 지금 갈게."

사오리가 빌린 것은 예전에 이용했던 것과 같은 방이었다.

조금 전에 쿠로네코와 키리노가 이야기하던 에피소드….

이 녀석들이 무슨 이유에서인지 메이드복을 입고 나를 맞아주었던, 이해할 수 없는 사건이 있었던 장소다.

그건… 좋은 쪽으로도, 나쁜 쪽으로도 잊을 수 없는 일이었다.

접수대 누나가 경멸에 찬 눈으로 쳐다봤던 것도 포함해서.

그래, 당시 그 방 앞에는 '코우사카 쿄우스케 전용 하렘 일행님 파티장'이라는 어마어마한 안내 간판이 놓여 있었다.

크으윽… 생각하니 울컥울컥하네!

조금 전까지만 해도 좋은 감상에 젖어 있었는데!

그리고.

물론 오늘의 주역은 내가 아니어서 안내 간판에는 당시와는 다른 문구가 적혀 있었다.

　그걸 목격한 키리노가 소리쳤다.

　"야! 이 간판 뭐야!"

　"네! 제가 준비한 겁니다! 마음에 드셨습니까?"

　"아니아니아니아니! 이 '친애하는 우리의 키리린 씨 귀국 기념 파티장'이라니! 너무 부끄럽잖아!"

　"이 정도로 불평하지 마! 나 때보다는 훨씬 낫네!"

　"뭐어?! 그때에는 나도 나중에 깨닫고 죽을 만큼 부끄러웠다고! 왜 두 번이나 이런 치욕을 겪어야 하는데?!"

　"…나도 집에 갈 때 깨닫고 수치심에 죽는 줄 알았어. 당시의 분노가 다시 깨어났는데 이걸 어떻게 해줄 거지?"

　"히잉… 죄송합니다요… 저는 다 좋으라고…."

　"거짓말하지 마."

　"거짓말이네."

　"어떻게 봐도 거짓말이지!"

　침울한 척 쇼를 하는 사오리에게 세 사람이 의혹을 제기했다.

　키리노가 기세를 높여 말했다.

　"사오리는 기본적으로 진짜 좋은 애이긴 한데 사실은 이런 나쁜 장난을 좋아하는 거 우리도 다 알거든! 매번 내가 진심으로 화내기 직전 수준까지 장난을 쳐대다니! 내가 매번 그만두라고 했지!"

　이해한다. 사오리는 친해지면 생각 외로 그런 면을 보인단 말이지.

　처음 만났을 때에는 그저 좋은 애라고만 생각했었는데.

"하핫! 들켰군요."

"쳇… 보기보다 유치하다니까."

"뉴후후… 그렇답니다. 저는 젊디젊은 소녀니까요."

전혀 그렇게 안 보이는데, 그렇구나.

빙글빙글 안경을 쓴 오타쿠 소녀, 사오리 바지나는 믿음직스러운 서클 리더의 얼굴뿐만 아니라 나이에 걸맞은 얼굴도 갖고 있다.

"그렇기 때문에."

사오리는 마치 청초한 아가씨 같은 말투로 이렇게 말했다.

"제가 유치하게 굴 수 있는 이곳을 좋아한답니다."

그러시냐. 그럼 나도 '특별한 장소'의 일원으로서 자부심을 가질 게.

우리는 종이 달린 문을 열고 '친애하는 우리의 키리린 씨 귀국 기념 파티장'으로 들어섰다.

딸랑… 예전처럼 종소리가 울려 퍼진다.

…이제 돌아오셨습니까! 주인님!

…이제 돌아오세요! 주인… 아, 진짜 못 해먹겠네!

…아니, 아니라고 했잖아.

메이드 차림의 환영이 뇌리를 스치고 사라진다.

흰색을 기조로 한 심플한 방이다. 사무 책상, 의자, 화이트보드 같은 게 있다.

전에 왔을 때와 똑같군.

"자! 그럼 바로 시작해볼까!"

짐을 내려놓고 한숨 돌릴 새도 없이 키리노가 입을 열었다.

이건 물론 나와 쿠로네코가 사귀는 건에 대해 이야기하자는 의미겠지.

"키리린 씨, 파티니까 일단 과자라도…."

사오리는 늘 지고 다니는 배낭에서 음료수와 과자를 꺼내 나눠줬지만,

"이게 먼저야."

키리노는 고집을 꺾지 않고 요란하게 의자에 걸터앉았다.

"그렇습니까. 그럼 그렇게 하시죠."

그렇게 되었다.

평소와는 자리 순서가 바뀌어, 나와 쿠로네코가 나란히 앉고 맞은편에 키리노와 사오리가 앉는 배치.

비치된 탁자가 사무용인 탓도 있어 마치 면접을 보는 것 같은 분위기다.

그 점을 의식했는지 키리노가 면접관처럼 말했다.

"그럼 해보시죠."

"…뭘 하라는 거야."

"응?"

나와 쿠로네코는 서로를 마주 보며 난처한 표정을 지었다. 그런 다음 면접관들을 쳐다보았다.

"어디서부터 이야기하면 되지?"

"처음부터 다."

팔짱을 꼬고 무뚝뚝하게 내뱉듯 말하는 키리노.

압박 면접이냐!

"아, 진정하세요, 키리린 씨. 그렇게 물으면 말하는 쪽도 곤란하

잖아요. 일단 봄의 두 사람에 대해 이야기를 들어보는 건 어떨까요."

봄, 그러니까 신학기 시작부터 말이지.

키리노가 뚱하니 "그러도록 해" 라며 받아들였고, 나는 당시를 떠올리며 이야기를 시작했다.

"입학식 날 등교하던 도중에 교복을 입은 쿠로네코를 만났고…"

쿠로네코가 후배로 나와 같은 고등학교에 입학하게 됐다는 것.

쿠로네코가 본명을 가르쳐주었다는 것까지 이야기했는데.

"헤에! 너 본명이 고코우 루리구나!"

"응, 그래서 '루리 언니'라고."

"안 부를 거라니까! 이름 귀엽네. 그대로 에로 게임 여주인공으로 써먹을 수 있겠는데."

"…그거, 칭찬… 이겠지. 네 경우에는."

하아 하고 체념의 한숨을 내쉬는 쿠로네코.

"그래서? 그래서? 그다음에는?"

"내 입으로 말하긴 좀 그렇지만… 난 붙임성이 없거든. 당연히 반에서 고립됐었는데…"

선배의 도움을 받았다고 그녀는 말했다.

키리노가 없어져서 주눅이 들었다는 것.

사오리와 함께 키리노 불평 대회를 열었던 것.

내 방에 모여 셋이 자주 놀게 되었다는 것….

"너, 내 친구를! 여고생을! 두 명이나! 집에 끌어들인 거야?"

"오해할 표현은 삼가줘! 네가 갑자기 없어진 게 모든 일의 원인이잖아!"

"그렇긴 하지만!"

"쿠로네코도, 사오리도 네 친구일 뿐만 아니라 내 친구이기도 한데 뭐가 문제야."

"흑심은 없으시다?"

"없다!"

"하지만 검은 거한테 손댔잖아."

"……"

나는 입을 다물었다. 어떤 반박도 할 수 없다.

아… 으… 이런 볼썽사납게 끙끙대는 소리를 내던 끝에 내 입에서 튀어나온 말은.

"아, 아니… 하지만 아직 야한 건 아무것도 안 했다고!"

친여동생한테 뭘 폭로하고 있는 거야, 지금! 당황해도 정도껏 해야지…!

"이, 이 바보… 무슨 소리를 하는 거야…"

쿠로네코도 얼굴을 새빨갛게 붉히며 나를 때린다.

키리노는 눈을 가늘게 뜨고 품평하듯 얼굴을 들이댔다.

"흐으음~."

그러고서 쿠로네코 쪽을 보고선.

"정말 아무 일도 없었어?"

"그, 그럼 안 되니?"

"아니… 사실 안심했어. 네가 그런 걸 불편해한다는 건 알고 있었으니까."

"…선배는 억지로 요구하지 않아."

"알아. 이 녀석은 겁쟁이거든."

제길! 웃지 마라, 키리노! 아, 사오리 너까지!

"아, 미안. 말을 끊어먹었네. 어디까지 했지?"

"내가 반에서 고립된 걸 선배가 어떻게 손을 써주려고 했고…."

게임 연구회에 들어가게 되었다고 그녀는 말했다.

선배도 같이 따라와줬고, 수험생인데 가입까지 해줬고.

대회 준비를 도와줬고, 게임을 만들 때에도 옆에 있어줬고.

"……."

쿠로네코의 이야기에 나오는 코우사카 쿄우스케는 마치 영웅 같았다.

듣는 내가 몸이 간질거릴 지경이다.

칭찬이 과하지 않냐! 난 그냥 내가 하고 싶은 걸 했을 뿐인데!

진심으로 과대평가라고 생각한다.

키리노도 복잡한 표정으로 듣고 있잖아.

"그래서…."

황홀해하며 이야기를 하던 쿠로네코는 게임 연구부 관련 에피소드를 이렇게 정리했다.

"반에서 고립됐던 상황은 개선됐고… 아카기 세나라는 친구가 생겼어."

"생겼구나! 학교에서! 오타쿠인 동성 친구가!"

"그, 그래."

"나도 보고 싶네… 그 세나란 아이. 분명히 마음이 잘 맞을 거야…."

"나도 그렇게 생각해."

쿠로네코는 미소를 지으며 키리노의 말에 동의했다.

"너랑 조금 닮았거든."

"어, 그렇게 귀여워?"

"…생긴 걸 말하는 게 아니야. ……그런 이야기를 꺼내는 성격이 닮았다고."

동감이다. 세나와 키리노는 죽이 잘 맞을 거다.

…솔직히 이상한 취미를 서로 감염시킬 것 같아서 별로 소개하고 싶지 않은 마음도 있다.

코우헤이 오빠한테 혼날 것 같은걸.

『코우사카! 네 동생 때문에 세나가 에로 게임에 빠져버렸잖아!』

…이런 사태가 벌어질 것 같다.

뭐, 그래도.

"조만간 얼마든지 기회가 있을 거야. 다시 돌아올 거지?"

"당연하지!"

웃으며 대답하는 모습에 크게 안도하는 나 자신을 깨달았다.

키리노는 씨익, 이를 드러내며 웃었다.

"나, 결심했어. 역시 취미는 버릴 수 없다고 말이야. 좋아하는 걸 좋아하는 그대로 꿈을 좇을 거야."

"키리린 씨…."

"그러니까 에로 게임 하러 자주 돌아올게."

"다른 표현을 쓸 순 없니?"

쿠로네코가 기가 막힌다는 얼굴로 핀잔을 주었다.

"으히히… 아, 나의 해외무쌍 에피소드는 다음 기회에 들려주겠어. 지금은 너희 이야기가 먼저다. 아카기 세나랑 친해져서… 그래서 어떻게 됐는데?"

동생의 질문에 내가 이야기를 이어나갔다.

"부장이 게임 연구회 합숙을 하자고 이야기를 꺼냈어."

"세토 내해에 있는 이누마키지마라는 곳에 가게 됐어. 그래서……."

쿠로네코는 합숙 내용에 대해 이야기했다. 사오리에게 했던 것보다 훨씬 더 자세하게.

때때로 가방에서 사진도 꺼내 보여주면서.

"이 아이가 아까 말한 세나야."

"오, 귀여운데. 어, 이 아이 가방에 달고 있는 키홀더, 무슨 애니지… 내가 모르는 게 있을 리가 없는데…."

모르는 게 좋을 거다.

에로 게임 오타쿠 동생만으로도 이미 버거울 지경인데 세나와 접촉해 새로운 영역을 개척하는 것만은 제발 삼가줬으면 하는 바람이다.

에로 게임 오타쿠에 부녀자인 동생으로 '클래스 체인지(환생)' 하면 큰일이라고.

…… '클래스 체인지(환생)'란 표현이 이 경우에 맞나?

키리노는 계속 사진을 보며 말했다.

"우와, 이 수상한 옷은 뭐야?"

"내가 직접 만든 '네크로맨서 로브(사령술사의 흑의)'야. 멋지지?"

"여름에 이런 걸 입다니 바보네. 쩌 죽겠다."

"큭… 내 걸작에 무슨 소릴 하는 거야…. …그리고 보니 이 로브, 합숙 때 사라진 것 같은데…."

"어? 그리고 보니 그때 이후로 본 적이 없는 것 같다…."

"아쉽군… 그게 있었으면 여름옷이 더 다양해졌을 텐데….."

나한텐 잘된 일이군.

그걸 입은 쿠로네코와 나란히 걷는 건 아무리 사랑하는 여자친구라고 해도 꽤 맞추기 힘드니까.

성천사 카미네코 님과 데이트하는 입장에서 새삼스러운 일인 것 같단 생각도 들지만.

그때 갑자기,

"그럼 이거 줄게."

키리노가 쿠로네코에게 꾸러미를 건넸다.

"이게 뭐지?"

"아, 집에 가서 열어봐. …내가 고른 네 옷이야. 네 성격에 데이트 때 뭘 입어야 좋을지 몰라 난처해하고 고민하고 폭주할 테니까. 그래서 귀국하자마자 바로 사 온 거야."

"…고, 고마워. 설마… 네게서 이런 선물을 받게 될 줄은 몰랐네…."

"히히, 다음 데이트에선 이거 입어야 된다. 알았지?"

"…그렇게 할게."

꾸러미를 꼭 끌어안는 쿠로네코.

그러더니 곧바로 자신에 가득 찬 표정으로 바뀌었다.

"그런데 키리노… 내 데이트 패션은 나쁘지 않거든? 안 그래, 선배?"

"어…."

…너 설마, '성천사의 옷'을 말하는 건 아니지?

난 순간 대답을 머뭇거렸지만.

"그럼! 굉장히 귀여웠어!"

거짓말은 아니다! 엄청 귀여웠던 건 사실이니까! 위험한 옷이었던 것도 사실이고!

쿠로네코의 입장을 지켜주기 위한 발언이었는데, 내 여자친구는 무슨 생각을 했는지 의기양양해져선 한 장의 사진을 탁자에 올려놓았다.

헉, 야…!

"홋… 이게 첫 데이트 때 입은 '성천사의 옷'이다."

아… 하는 소리가 사오리의 입에서 새어나왔다.

키리노도 깜짝 놀라 사진을 보더니 눈썹을 팔자로 만들었다.

"이거랑 같이 다녔어? 남자친구 진짜 대단하네?"

그치? 그치?! 오랜만에 동생한테서 칭찬을 들은 것 같다…!

"이 날개에… 중2병이라고 쳐도 너무 심한 거 아냐. 쿠로네코 너, 다음부턴 최대한 나나 사오리… 아니면 세나라는 애라도 좋으니까 상의를 해라. 진짜로."

"어머, 왜 그래, 키리노? 오늘 너 굉장히 상냥하다."

"네가 상냥하게 만들고 있잖아!"

"지, 진정하세요, 키리린 씨! 이, 이제 합숙 이야기를 더 들어봐야죠?"

"그, 그래… 그럼 신칸센에 탔던 데부터 시작해봐."

"좋아."

키리노의 재촉에 쿠로네코는 이야기를 이어나갔다.

덩치 큰 세나의 오빠를 소개받아 내심 겁을 먹었다는 것.

세나의 브라더 콤플렉스 에피소드를 폭로해줬다는 것.

부원들이 가져온 보드 게임을 빌려와 아카기 남매와 넷이서 같이 플레이했다는 것.

"그런 다음에 페리를 타고 섬으로 갔어. 이게 그때 사진이야⋯."

⋯등등.

이 녀석⋯ 기억력이 좋구나.

내가 잊고 있던 세세한 에피소드까지 또렷하게 말하고 있었다.

몇 시 출발 신칸센을 탔는지, 이틀째 아침으로 뭘 먹었는지 같은 필요 없는 정보가 아닌가 생각도 들었지만⋯ 키리노에겐 아무것도 숨기지 않고 모조리 다 말하겠다는 쿠로네코의 생각이 전해졌다.

바로 그래서 키리노는 위화감을 느꼈던 것 같았다.

"뭔가 자세하게 말하는 것치고는 첫날 오후부터 부자연스럽게 시간이 튀지 않아?"

"응, 맞아. 참 신기하지."

"신기하지가 아니라⋯."

"기억이 안 나는 건 어쩔 수 없잖아."

"아니아니아니지."

"⋯왜?"

"나랑 사오리한테 말 못 할 사건이 있었던 게 아니라?"

"⋯뭐⋯ 그런 어처구니없는 소리를 다 하고 있어. 어떤 에피소드가 있었단 거야?"

약간 화가 난 쿠로네코에게 키리노는 뺨을 붉히며 중얼거렸다.

"⋯키스라든가."

"말도 안 되는 소리."

단언하는 쿠로네코.

"…아직 받아본 적 없는걸. 아직까지 한 번도."

"아, 그렇구나. 아까도 말했지만 거기까지 '아직'이구나."

키리노가 쿠로네코에게 저렇게 서먹서먹하게 말하는 건 처음 보는 거 같은데?

어? 뭐야? 나 끌리는 거야? 키리노한테? 설마….

초연하게 입을 다무는 내게 사오리가 ω(이런) 입 모양을 하고서 말했다.

"쿄우스케 씨, 진전이 너무 느린 거 아닙니까~?"

이, 이 자식이, 날 자극하다니!

"보통 이렇지 않냐! 아니, 그리고? 첫 데이트에선 사오리가 내내 옆에 있었고, 두 번째 데이트에선 쿠로네코네 집에 갔으니 어려웠고, 세 번째 데이트는 오늘이라고!"

언제 '하라'는 거야! 겁쟁이라고 부르지 좀 마!

전력으로 자신을 변호하는 모습을 쿠로네코가 싸늘한 눈으로 쳐다보았다.

"그래…."

아니, 너 그런 거 불편해하는 성격 아니냐. 네가 괜찮다면 나도 … 싫지 않달까 말이지…. 그러고 보니, 내 그런 생각이…! 으아아아…!

"죄, 죄송합니다, 쿄우스케 씨! 그렇게까지 진지하게 고뇌하실 줄은…! 하지만 안심하십시오. 제가 그런 쿄우스케 씨와 쿠로네코 씨를 위해 방책을 다 강구해 왔답니다!"

""방책?""

입을 모아 묻자 사오리가 힘차게 고개를 끄덕였다.

"그렇습니다. 저번에 모였을 때 이야기하지 않았습니까."

"아아." "그거."

나와 쿠로네코는 바로 이해했지만 당일에 자리에 없었던 키리노가,

"그거라니?"

반문하며 우리를 처다보았다.

그때에는 '짧은 대화'라고 생략했지만, 사오리에게 교제 보고를 한 날.

…제게도 제발 '데스티니 레코드(운명의 기술)'를 쓸 기회를 주실 수는 없나요?

이런 부탁을 받았다.

우리의 '데스티니 레코드(운명의 기술)'는 '상대와 하고 싶은 목록'이지만, 사오리에겐 '우리에게 시키고 싶은 목록'이다.

그러니까….

사오리는 키리노에게 '데스티니 레코드(운명의 기술)'에 대해 설명해주고서 이렇게 말했다.

"저는 두 분께 데이트 플랜을 제안하고 싶습니다."

"흐음, 흐음. …'데스티니 레코드(운명의 기술)'라. 아아, 딱 봐도 검은 거가 생각할 법한 거네. 그래서 사오리는 오늘 써서 가지고 온 거고?"

"그렇습니다!"

사오리가 배낭에서 꺼낸 것은 봉철을 한 바인더용 종이였다.

그걸 받아 든 쿠로네코는 알쏭달쏭한 표정을 지으며 중얼거렸다.

"…이래선 읽을 수가 없잖아."

"후후후, 내일 이후에 열어보십시오. 제가 드리는 '과제'라고나 할까요. 그걸 실행하시면 늦된 두 분에게도 건전한 진전을 바랄 수 있을 겁니다."

"그건 알겠는데… 무슨 내용이 적혀 있을지 무섭네."

사오리의 장난기가 담겨 있지 않을까!

뭐, 그것까지 포함해 기대하기로 하겠다.

사오리가 내준 '과제'니까. 나쁜 건 아닐 거야. 그래, 절대로.

"…흐으음."

우리의 그런 모습을 지켜보던 키리노는 뭔가 생각에 잠긴 듯했다. 그러더니 고개를 들고 나와 쿠로네코를 쳐다보며 말했다.

"저기, 그… 데스노트?"

"'데스티니 레코드(운명의 기술)'."

"'데스티니 레코드(운명의 기술)' 말이야. 벌써 많이 써놨어?"

"그럼, 3페이지쯤 썼지. 오늘 가져오진 않았지만."

"미완성이지만 20페이지쯤."

뭐엇?! 아니, 잠깐만 스톱! 그 새까만 페이지가 ×20이나?

게임 시나리오에 열중하고 있던 거 아니었어? 쓰는 속도가 너무 빠른 거 아니냐…!

게다가….

쿠로네코는 보물을 자랑하듯이 거들먹거리며 칠흑의 바인더(마도서)를 꺼냈다.

바인더(장정)까지 다 만들었구나…!

한 장씩 페이지를 늘려가기로 하지 않았냐! 혼자서 너무 앞서가잖아!

눈을 휘둥그레 뜬 나를 무시한 채 키리노가 쿠로네코에게 손을 내밀었다.

"그거 보여줘."

"아, 안 돼."

"뭐어~? 그렇게 자랑하니까 보고 싶잖아. 완전 궁금하잖아. 왜 안 보여주는 거야?"

"…부끄러우니까."

중얼거리며 고개를 푹 숙인다.

그 몸짓이 내 심금을 울려 나까지 얼굴이 빨개졌다.

…아니, 그 마음은 이해한다.

요전에 한 페이지만 읽었는데, 그걸 친구라고는 해도 남에게 보여주는 건 쑥스러운 정도로 끝나지 않을 테니까. 내가 번민 끝에 죽을지도 모른다.

"미안하다, 키리노. 이것만은 포기해줘…!"

나와 쿠로네코 둘 모두에게서 거절당한 키리노는,

"흐음…."

의미심장하게 실눈을 떴다.

그러더니 표정이 분위기와 함께 확 바뀌어 씨익 하고 재미있다는 얼굴이 된다.

"그럼 '데스티니 레코드(운명의 기술)', 나도 한 장 써야지."

"뭐?"

눈을 깜박이는 쿠로네코를 무시한 채,

"…사오리, 펜이랑 종이 있어?"

"오오! 키리린 씨도 '과제'를 만드시게요? 이걸 쓰십시오!"

"'과제'라기보다는 음, 아… 적당한 표현이 안 떠오르는데."

키리노는 사오리에게서 바인더용 종이와 펜을 받아 들고서 우리를 보고 장난꾸러기처럼 웃어 보였다.

"괜찮지? 사오리한테 오케이했으니까 나도 써도 되지?"

"그, 그래… 뭐."

"당연히 괜찮긴 한데…."

"그럼 쓴다."

키리노는 탁자에 종이를 놓고 펜을 들고서 입가를 날름 핥았다.

…뭘 써줄까나~ ♪

그런 표정이다. 슬쩍 고개를 들고서.

"쓰면서 들을 테니까 합숙 이야기 계속 해봐."

오, 그러고 보니 그 이야기를 하던 중이었지.

완전히 엉뚱한 방향으로 빠졌었네.

"키, 키리노…… 데이트니까 '에로 게임을 해라' 같은 건 쓰지 마라."

"뭐~? 어떻게 할까나~."

그렇게 해서….

쿠로네코는 다시 합숙 이야기를 시작했다.

게임 시나리오를 집필하기 위해 '섬의 전설'을 취재한 것.

여름 섬을 돌아보고 사진을 찍고 돌아다니며 좋은 비일상을 체험한 것.

대중탕과 막과자 가게, 고풍스러운 놀이를 즐긴 것. 아침의 라디오 체조. 제방에서의 낚시. 모래사장에서 놀았던 것 등등.

그런 상쾌한 추억뿐만 아니라….

"대중탕에는… 노천탕이 있었는데 여탕과 남탕이 거리가 가까워서….."

"야, 쿠로네코! 그런 이야기까지 하게?"

"무, 물론이지. …안 그러면 의미가 없잖아."

"자기가 제일 부끄러워하면서!"

…연애에 관련한 온갖 일들을 적나라하게 말하고 있다.

그걸 키리노와 사오리가 핀잔을 주고, 또 놀리기도 하고.

그런 안절부절못하는 시간이었다. 그 이상으로 부끄러운 모임이었다. '키리노에게서 우리의 교제를 인정받는다.' 그걸 위해 이렇게 길게 이야기를 한 거였는데.

"…다음이 마지막 이야기야."

마침내 클라이맥스에 도달했다.

"그날 저녁, 섬에 있는 신사에서 축제가 열렸어."

"아까 말한 '히텐 축제' 말이야?"

"모두 함께 도왔다는 축제 말이군요."

"그래, 맞아. 축제 당일 저녁에는 불꽃놀이가 있었고… 거기에서….."

"내가 쿠로네코에게 고백했어."

갑자기 조용해졌고, 조금 지나서,

"오오~."

사오리가 감탄의 탄성을 터트렸다. 이 녀석으로선 보기 드물게 뺨까지 붉히고 있다.

하긴 사오리도 여자는 여자니까.

친구의 연애 이야기에 풋풋한 반응을 보일 수 있지.

한편 키리노는 어느새 글을 다 쓰고서 진지하게 우리를 바라보고 있었다.

몇 번 입을 우물거리더니.

"너, 쿠로네코를 좋아했었어?"

"지난 반년 사이에 좋아하게 됐어. 합숙 때 같이 지내면서 더 좋아졌고."

그래서 고백한 거라고.

쿠로네코의 아버지에게 말한 것과 같은 온도로 동생에게 말했다.

우리에게 중요한 상대니까.

그러자 키리노는 쿠로네코 쪽으로 시선을 돌려 말했다.

"너, 이 녀석을 얼마나 좋아해?"

"너랑… 아니… 그래…."

쿠로네코는 꺼내려던 답을 중간에 멈추고서 잠시 생각하다 다시 대답했다.

"지금 선배가 죽으면 나도 죽을 거야. 그만큼 좋아해."

"…그, 그렇구나."

알고는 있었지만, 너무 무겁다….

키리노는 질색팔색을 하고선 내게 물었다.

"네 여자친구가 이런 소릴 하는데 괜찮아?"

"괜찮아! 아니, 그런 점도 좋아한다고."

순간 진심이냐는 표정을 짓긴 했지만!

너무 무거운 점까지 포함해 내가 좋아하는 여자다.

그렇다면 받아들이는 수밖에 없잖아.

우리 두 사람의 답을 듣고서….

"그래."

동생은 쓸쓸함이 느껴지는 미소를 지었다. 그러고서 이렇게 말했다.

"사오리랑 전화로 많은 이야기를 나눴는데… 오랜 시간을 들여 이야기를 했는데, 그리고 오늘… 너희 이야기를 듣고서, 음… 그… 말하기 좀 힘들긴 한데…."

"응."

천천히 말해도 돼.

대화 능력이 많이 떨어지는 동생이 하는 말을 기다렸다.

"나… 나 있잖아."

키리노는 한참 동안 말을 고르고 뜸을 들인 끝에.

"오빠랑 친구의 연애 이야기라니 진짜 재수 없어! 라고 생각했어."

"야! 무슨 소리야!"

이제부터 제가 멋진 말을 하겠어요, 이런 분위기를 실컷 풍기더니!

왜 나오는 말이 그런 욕이냐고! 이런 점이 진짜 키리노라니까!

그리움에 가슴이 터질 것 같다!

"으히히…."

키리노는 나를 바보 취급하듯 입을 크게 벌리고서 웃었다.

그러고서 두 개의 손가락을 매섭게 들이댄다.

손가락에 끼어 있는 건 바인더용 종이로 만든 봉인된 봉투다.

키리노가 쓴 '데스티니 레코드(운명의 기술)'.

봉인된 앞표지에 내게 보내는 메시지가 적혀 있었는데… 의미가 이해가 되지 않았다.

"그거 너한테 줄게."

"그, 그래…."

도대체 뭐야.

키리노는 '뭐 하려는 거냐'고 따질 틈조차 주지 않았다.

그저 거만하게 이렇게 말했다.

"너희 두 사람, 인정해주겠어!"

"키리노…."

쿠로네코가 절친의 이름을 부른다. 키리노는 거기에 부드러운 목소리로 대답해주었다.

"난 이제 일본에 오래 있을 수 없으니까 얘, 부탁할게."

"…괜찮겠어?"

"몰라! 그러니까…."

"괜찮다고 생각하게 만들어줘."

"…나한테 맡겨."

두 사람은 시간이 멈춘 게 아닐까 싶을 만큼 오랫동안 서로를 바라보았다.

지금의 나로선 이해할 수 없는 대화였다.

키리노가 쓴 '데스티니 레코드(운명의 기술)'….

그걸 우리가 읽게 되는 건 한참 후의 일이었다.

■Nae yeodongsaengi
irerke guiyeoul riga
upser ⑯
kuroneko if

제 **3** 장

모두 함께 아키바에 간 다음 날 이른 아침.

　　오전 5시에 눈이 떠지고 만 나는 세면대에서 세수를 하고 방으로 돌아가던 참이었다.

　　그런데 계단에 접어든 순간 2층에서 키리노가 내려왔다.

　　동생은 나를 보자마자,

　　"아… 잘 잤어."

　　자기가 먼저 인사를 건넸다. 힘 빠진, 하지만 기세는 등등한 태도로.

　　"어, 잘 잤냐."

　　나는 바로 눈치챘다. 오타쿠 특유의 그거라는 것을.

　　"지금까지 게임 했어?"

　　"아… 애니. 단숨에 24화 몰아서 봤어."

　　"수고했다. 세수하고 와."

　　"네입…."

　　키리노는 내 옆을 지나 술주정뱅이 같은 걸음걸이로 세면대를 향해 다가갔다.

　　전력으로 오타쿠 활동을 한 이튿날의 모습.

몸은 녹초가 되었는데 마음은 으히히, 기쁨으로 가득 찬 상태.

이 녀석… 진짜 일본에 있는 내내 실컷 놀 작정인가 보네.

그때.

"아, 맞다."

키리노는 걸음을 멈추고서 나를 돌아보았다.

"잠깐만 거기서 기다려봐."

"그래."

…지금 이 대화는 '이제부터 남매간에 가볍게 잡담을 나누자'는 의미로 받아들여지잖아?

당연히 나도 그렇게 생각했지.

하지만 키리노는 세수를 하고 자기 방으로 돌아갔다가 다시 10분은 충분히 차고 넘치게 나를 방치하고서야 다시 돌아왔다.

"기다렸지?"

"너무 오래 걸린 거 아니냐?"

이 한마디만으로 넘기다니, 내가 생각해도 참 너그러운 오빠인 것 같다.

"뭐? '잠깐 기다리라'고 했잖아."

"…너와 나 사이엔 '잠깐'의 감각에 큰 차가 있는 것 같구나."

자기가 기다려야 할 때에는 1분이면 폭발하는 주제에.

여전한 모습에 안심이 된다, 이 자식아.

애초에 왜 남매가 서서 이야기를 하는 건데 옷을 갈아입을 필요가 있는 거냐고.

"그런데 너 계속 깨어 있었으면 이제 자야 하지 않냐?"

"아니, 오늘은 아야세랑 놀 거야."

"스케줄이 참 빡세네! 일본에 있는 동안 실컷 게임 하고 애니 볼 거라고 하지 않았어?"

"애니도 중요해. 에로 게임도 중요하고. 아야세도 중요해. 그러니까 다 할 거야."

"……."

기가 막혔다. 나만이 이해할 수 있는 무거운 선언이었다.

에로 게임과 자신이 동등하게 취급된다는 걸 안다면 아야세는 길길이 날뛰겠지만.

"…건강 조심해라."

"알아, 알아. 충~~분히 다 생각하고 움직이고 있다고. 시스터 콤플렉스는 걱정하지 마시라."

"그럼 다행이고."

키리노는 갑자기 훗 하고 웃었다.

"이게 나 나름대로의 충전이니까."

"그래. 아… 그런데 뭐 할 말 있다며?"

"응."

우리는 그제야 당초 예정한 대로 1층 복도에 서서 이야기하기 시작했다.

"저기, 부모님한텐 아직 말 안 했는데."

"……."

중요한 이야기가 될 것 같다. 나는 자세를 바로 하고 동생이 할 말을 기다렸다.

"나, 장래에 해외에 나가서 살 거야."

"유학 기간이 끝나도 돌아오지 않을 거라… 이 말이야?"

"응."

"왜?"

"여러 이유 때문에… 속이려는 게 아니라 진짜 여러 이유로."

설명이 서투른 동생은 고민하며 말을 고르는 것 같았다.

"나, 육상을 거기서 진지하게 하고 있거든."

"대활약했다며? 엄청 빠른 애한테 이겼다고 자랑했었잖아."

"그렇지. 리아란 애인데… 연하인데 엄청 빠른 애거든… 나, 용케 걔한테 이겼구나 싶었어."

"얼마나 강적인데 그래?"

"인생에서 두 번째로 강적이었어."

"첫 번째는 누군데?"

"안 가르쳐주~지."

메~롱 하고 혀를 내밀며 놀려댄다.

"아, 그래."

"육상을 진지하게 하고 있는데. 절대로 이기지 못할 거라고 포기하려던 라이벌한테도… 이기고 지고를 되풀이할 수 있게 됐어. …성과가 나오고 있다고."

"…대단하네."

진심으로 한 말이었다. 원래도 잘 알고 있었지만 새삼 실감했다.

내 여동생은 진짜 대단한 녀석이라는 것을.

"헤헤… 당연하지."

키리노는 의기양양하게 씨익 웃었다.

"그럼 육상을 하려고."

해외에서 살게? 라고 물으려는데,

"그것만이 아니라. 그것도 굉장히 중요하게 생각하는 부분이지만 그게 다가 아니라."

키리노가 말을 잘랐다.

"나 그쪽에 있을 때 엄청 고민했거든. '육상에 재능이 없을지도 몰라. 이젠 끝이다'라고 말이야. ⋯'앞으로 어떻게 하지' 하고. 그때 장래에 대해 다시 생각해보고⋯ 모델 에이전시에서 들은 말도 있었고 해서, 많이 고민했어⋯ 내가 하고 싶은 일이 뭔지, 할 수 있는 게 뭔지 생각했는데⋯ 그래서, 이 유학 결과가 어떻게 된다 해도, 잘 풀리든 안 풀리든. 역시 장래엔 해외에서 주로 활동하게 될 것 같아."

"⋯일본에는."

"당연히 돌아올 거야. 일본에서 사는 기간도 있을 거야. 하지만 내내 있는 건 아냐. 그렇게 하기로 정했어."

⋯난 이제 일본에 오래 있을 수 없으니까.

"스스로 그렇게 결정한 거냐?"

"응."

"그럼 말릴 수 없네."

"히히."

이를 드러내며 개구쟁이처럼 웃는다.

그 표정에는 순진한 어린애다운 모습과 어른스러운 각오가 공존하고 있었다.

"언제든지 인생 상담하러 와라. 바로 달려올게."

"바보야, 넌 네 여자친구한테나 전력을 다하라고."

철썩, 등을 때린다.

그 아픔을 나는 언제까지나 잊지 않았다.

오전 7시. 키리노가 돌아온 뒤로 코우사카가의 아침 식사 자리는 활기가 넘쳤다.

아버지도, 어머니도 지금 딸과 어울려두지 않으면 언제 다시 만날 수 있을지 모르니까.

거의 잠도 안 잤을 키리노는 가족의 단란함을 역시 전력을 다해 즐기는 듯 보였다.

진짜 대단한 녀석이라니까. 또 차가 벌어지고 만 것 같아 조금 분했다.

자! 그럼 나는 나대로 해야 할 일을 해야지!

어머니가 실력을 발휘해(아침부터) 만든 카레로 배를 채운 뒤 나는 고코우가로 출발했다.

그렇다, 오늘의 데이트 약속 장소는 '여자친구의 집'.

아니, 이 표현은 정확하지 않군.

내가 쿠로네코 본인과 약속한 건 '오전 10시에 고등학교 정문에서 만나기'였으니까.

그런데 왜 이렇게 일찍부터 여자친구 집으로 가고 있느냐 하면···.

"오! 코우사카! 후훗, 왔구나!"

이분과의 약속 때문이었다.

고코우가에 도착하자 초인종을 누를 것도 없이 밖에서 줄넘기를 하고 있던 히나타가 나를 맞아주었다. 나는 그녀와 눈높이를 맞춰 말했다.

"그럼, 약속했잖아. 그런데 정말 괜찮겠어?"

"그럼, 그럼. 루리 언니는 전혀 눈치 못 챘거든."

수상한 대화처럼 들릴지 모르지만, 이건 '여자친구의 동생'과 바람을 피운다거나 그런 게 아니라(당연하지!)… 설명을 하자면 말이지.

어젯밤 내 휴대전화로 히나타가 전화를 걸어와서,

…코우사카, 언니의 '본' 모습 보고 싶지 않아?

…완전 보고 싶어.

…그럼 내일 아침 8시쯤에 우리 집에 와.

이런 대화를 주고받았기 때문이었다.

갑자기 찾아가면 쿠로네코가 놀랄 텐데….

귀여운 여자친구의 그런 얼굴이 보고 싶다. 장난기 섞인 욕망이 나를 움직이게 만들었다.

"아, 난 뭘 하면 되지?"

"으헤헤, 준비는 다 끝났습니다요, 나리."

히나타는 반짝이는 땀을 수건으로 훔치고서 악덕 장사꾼처럼 말했다.

현관으로 달려가 문을 열고 까닥까닥, 손가락을 움직여 나를 부른다.

"쉬잇, 조용히 해. …들어와, 들어와. 그리고 날 따라오도록."

"…저기, 진짜 괜찮은 거 맞아?"

"이제 와서 무슨 소릴 하는 거야. 코우사카, 생긴 것처럼 겁쟁이구나."

"미안하게 됐다."

생긴 것처럼이라니. 이 아이, 말이 좀 심하네.

…내가 그렇게 겁쟁이처럼 생겼나?

나는 약간 침울한 심정으로 그녀의 지시에 따라 고코우가의 복도를 걸어갔다. 앞장서 가던 히나타가 마침내 나를 돌아보고 씨익 웃더니 미닫이문을 열고 안을 가리켰다.

…안을 들여다봐.

그런 동작이다.

나는 고개를 끄덕이고서 그녀 옆에 나란히 서서 슬쩍 안을 들여다보았다.

그러자….

체육복을 입은 고코우 루리가 설거지를 하고 있었다.

"…………."

늘 입고 있는 고딕 롤리타풍 옷이 아니라, 성천사도 아니라, 교복도 아니라, 요전에 요리 실력을 발휘했을 때 입었던 카미네코 앞치마도 아니라.

합숙 때 내가 반했던 순백의 원피스 차림도 아니라.

낡은 체육복을 입은 너무나 소박한 모습.

저 '쿠로네코'에겐 어울리지 않는 서민적인 모습.

그런데 마음을 사로잡혔다.

말문이 막히고 넋이 나가버렸다.

"………."

내 눈앞에서, 내 여자친구가, 가족을 위해 설거지를 하고 있다.

주부 같은… 젊은 부인이 연상되는 모습으로.

그런 모습을 얼마나 바라보고 있었을까.

옆에 있던 히나타가 '기다리기 지겹다'는 듯이,

"헤이, 루리 언니! 코우사카 왔어!"

어, 야! 네가 말하면 어떡해!

"흐엑…."

설거지를 막 끝낸 쿠로네코가 동생의 목소리에 깜짝 놀랐다.

그러고서 황급히 뒤를 돌아보고서,

"서, 서서서, 선배?"

눈이 돌아갈 기세로 당황했다.

그 모습이 너무 사랑스럽고 조금 전의 여운도 있어서 대답이 한 박자 늦고 말았다.

"여긴… 어떻게…."

당황해서 몸을 흔드는 그녀에게 대답한 것은 히나타였다.

"코우사카가 '꾸미지 않은 평소의 루리 언니가 보고 싶다'고 해서 내가 힘 좀 써줬지!"

"히, 히나타… 너…."

"어때? 어때? 코우사카! 평소엔 잔뜩 꾸미는 루리 언니가 집에선 보통 이런 식입니다…!"

"아, 응…."

그런 대화를 나누는 사이에도 나는 체육복을 입은 루리에게서 눈을 뗄 수 없었다.

현기증이 나는 걸 꾹 참으며 대답했다.

"…좋은, 것 같아."

"바, 바보야."

쿠로네코는 새빨개진 얼굴로 내게 소리쳤다.

"…그렇게 쳐다보지 마. 이런… 체육복을 입고 있는데…."

그게 좋은 거지!

이렇게 직접 말하지는 않았지만.

몸을 팔로 꽉 끌어안고 감추려는 모습에 가슴이 두근두근 뛰었다.

히나타는 이럴 걸 알고서 제안한 걸까.

꾸미지 않은, 있는 그대로의 모습인 고코우 루리는 이렇게까지 매력적이구나.

아무튼 내겐 치명상이었다. 효과는 엄청나서 일격에 나락으로까지 떨어져버릴 것 같다.

조금이라도 방심했다간 당장 청혼을 해버릴 것 같다.

그런데 쿠로네코 자신은 그런 자각이 없는지 '평소에는 보여주지 않는 모습'을 보이고 말았다는 사실만 놓고서 부끄러워하고 있었다.

"…이건, 그게… 움직이기 편해서… 미안해."

전혀 미안할 일 없는데.

설거지를 마치길 기다렸다가 뭘 할까… 논의하게 되었다.

"원래 10시에 만나기로 약속했고 학교까지 이동할 필요도 없잖아. 당초 예정한 대로 계획을 진행하기로 하자."

"오늘의 '데스티니 레코드(운명의 기술)'를 서로에게 보여주는 거

말이지."

"응… 뭐, 자세한 건 좀 진정이 된 다음에 이야기하기로 하고. 이쪽으로 와."

부엌에서 벗어나기 위해 쿠로네코는 무뚝뚝한 목소리로 움직이라고 재촉했다.

그때 히나타가 놀리듯이 말을 걸어왔다.

"오, 루리 언니가 남자친구를 자기 방에 데려가려고 하네~~♪ 코우사카! 편히 쉬어~♪ …아얏!"

빨간 얼굴의 쿠로네코가 날린 춥 공격에 머리를 가격당하는 히나타.

"…하, 하여간. …선배도 이 아이 장난에 맞춰주지 좀 마."

"미안. 아까 건 나도 적극적으로 나섰던 거니까 히나타만 야단치지 마라."

"…그, 그래?"

"응. 네 '맨' 얼굴을 보고 싶어서."

"…당신이랑 있을 때에도 '맨' 얼굴인데."

"'나한테는 보여주지 않는 얼굴'이란 의미야."

"…조만간 복수해줄 테니까 기대해."

쿠로네코는 발그레해진 얼굴로 낮게 중얼거리며 원망스러운 표정을 지었다.

아아, 이건 '나한테만 보여주는 얼굴'이다.

"무서운데."

이렇게 대답하며 고개를 돌렸다.

나도 '그녀에게는 보여줄 수 없는 얼굴'을 하고 있을 테니까.

둘만의 세계에 빠져 있던 우리가 재기동하기까지는 얼마간 시간이 필요했다. 그렇게 해서….

쿠로네코는 나를 자기 방 앞까지 안내하고선 몸을 돌렸다.

"…여기가 내 방이야."

"…그렇구나."

…루리 언니가 남자친구를 자기 방에 데려가려고 하네~~♪

아까 히나타가 이상한 소리를 한 바람에 괜히 의식하게 되고 말았다. 나도, 쿠로네코도 뻣뻣하게 굳어버렸다.

"드, 들어와."

"으, 응."

"하, 하지만 당신을 내 방에 부른 건 어디까지나 집에서 차분하게 이야기를 나눌 수 있는 장소이기 때문이지, 다른 이유는 없어. 끌어들인다거나, 단둘이 있고 싶다거나 그런 의도는 없다고."

"안다니까!"

속사포냐. 너무 동요하는 거 아니냐.

아니! 나도 동요하고 있지만!

쿠로네코와 밀실에서 단둘이 있는 건 이게 처음은 아니다. 사귀기 전 게임 제작을 위해 쿠로네코가 내 방에 틀어박혀 있었을 때, 그런 적은 몇 번이고 있었다.

그때에는 그때대로 두근두근했지만….

오늘만큼은 아니었다.

왜냐!

사귀는 사이니까! 그때와 달리 우리 둘이 남자친구, 여자친구인 관계니까!

사귀는 사람이, 서로를 좋아하는 사람이, '여자친구의 방'에서 단 둘이!

이거! 이 상황이 치명적이라고!

솔직히 말하라고? 그래, 좋아… 속마음을 외치자면. 야한 상황이 벌어지진 않을까 기대하고 있다! 아주 조금뿐이지만!

"그냥 히나타가 부르지 않았으면 교문에서 만나서 하기로 했던 걸 시작하려는 거잖아. 너무 심각하게 생각하지 마."

지금의 나는 입과 머리가 정반대로 돌아가고 있었다.

그러자 쿠로네코도 "그, 그렇지"라며 경계를 풀었다.

정말 위태위태한 애라니까. 남자친구한테 너무 무방비하잖아.

모순된 생각을 가진 채 나는 처음으로 '여자친구의 방'에 들어서게 되었다.

다다미가 깔린 방으로 고코우가의 다른 방과 크게 인상은 다르지 않았다.

여자 방치고는 조금 소박한 것도 같다.

나무 책상과 옷장, 책장과 거울. 앉는 부분이 작은 철제 의자. 그리고 재봉틀 정도가 다였다.

고양이 소품이 그나마 좀 여자애다운 느낌을 주었다. 방 한가운데에서는 고코우가에서 키우는 걸로 보이는 고양이가 편안하게 잠들어 있었다.

"…헤에, 여기가 네 방이구나."

"…너무 그렇게 뚫어져라 보지 마."

"미안. 그런데 방 좋네."

"그게 진심이라면 해설을 요구하고 싶네. …감상을 말하기 어려울 정도로 특징 없는 방이라고 생각하는데."

"그런가?"

특징 있잖아. 예를 들면….

"이 재봉틀로 늘 옷을 만드는 거지?"

나는 세월이 느껴지는 재봉틀을 보고 미소 지었다.

"책장은 만화와 소설 외에는 창작 관련 책들뿐이고, 취미가 그대로 드러나는 디자인의 노트북이 있고, 방 한쪽 구석에 화장 도구가 얌전히 자리하고 있는 게 고코우 루리의 방이란 느낌인걸."

"…그렇게 자세히 해설하니 부끄럽네."

네가 해설하라고 했잖아?

쿠로네코는 접이식 탁자를 펼치고 방석 두 개를 나란히 놓았다.

"앉아. 지금 차 가져올게."

그렇게 해서 우리는 서로 마주 보고 앉아 차를 마셨다.

쿠로네코가 수줍음을 감추려는 듯이 먼저 말을 꺼냈다.

"그, 그럼… 선배. 오늘 밤의 '데스티니 레코드(운명의 기술)'를 열어보기로 하자."

"지금 아침인데."

단지 의미심장하게 들릴 거란 이유만으로 '오늘 밤'이라는 단어를 고른 거지?

"그게 왜?"

"아니…."

네가 상관없다면… 나도 상관없기는 한데. 참 당당하구나.

"그럼 선배의 '레코드(기술)'는?"

"물론 써 왔는데."

나는 가방에서 바인더용 종이를 꺼내 탁자 위에 놓았다.

쿠로네코가 그걸 눈으로 좇았다. 거기에 적힌 내용은.

…고코우 루리에 대해 더 알고 싶다.

…'여자친구의 방'을 보고 싶다.

"오늘 건 다 이뤄져버렸군."

"…그, 그런 것 같네."

"그러니까 네 소원을 이루자."

"…그래, 그럼… 여기."

오늘 쿠로네코의 '소원'은,

…감춰진 '비밀(어둠)'을 밝히고 싶다.

"………………………………"

나는 한참을 침묵한 끝에 결국 이해하지 못하고 본인에게 물었다.

"야, '비밀(어둠)'이 뭐야?"

"모르겠어?"

"전혀 모르겠는데."

중2병 레벨이 낮은 남자친구라서 미안하다. 앞으로 열심히 노력할게…

"평이하게 말하자면, 내가 느끼고 있는 의문을 밝히고 싶다는 말이야… 키리노가 '레코드(기술)'를 맡겨놨잖아."

"아, 그거."

뭐, 쿠로네코 입장에선 궁금하기도 하겠지.

"그 봉인을 보고 선배는 신기하다는 표정을 지었잖아. 뭐였어?"

"미리 말해두겠는데, 내용은 모른다. 그리고 아, 그건 말이지."

으음 하고 턱을 괴고서 뭐라고 대답해야 좋을지 고민했다. 일단은 정직하게 가야지.

"봉인된 표지에 나한테 보내는 메시지가 적혀 있었어."

"어떤 메시지인데?"

"아… 아직 비밀이야."

가르쳐줄 수 없다는 의미의 대답을 하자 쿠로네코는 "으음…" 하고 생각에 잠기더니,

"'봉인을 여는 조건'이 적혀 있었구나?"

날카로운 추리를 선보였다.

"맞았어. 어떻게 알았어?"

"간단한 추리지. 다만 메시지의 자세한 내용까지는 모르겠어."

"그렇겠지. 미안한데…."

"묻지 않을게. 뭐, 그 여자가 생각하는 거니 아마 우리를 놀리기 위한 꿍꿍이겠지. …훗, 거기에 걸려주는 게 우정이니까."

쿠로네코는 그렇게 판단한 것 같았다.

나는 대답하지 않았다.

왜냐하면 키리노가 설정한 조건을 충족하지 못할 것 같아서였다.

이 봉인은 분명히 열지 못한 채 끝나겠구나.

나는 대화를 끝내려 들었다.

"저기, 이걸로 '비밀(어둠)'은 밝혀진 걸로 처리해도 되나?"

"아니, 하나 더 있어. 사오리가 맡긴 '기술'이 있잖아."

"아, 그랬지."

"그걸 열어보지 않을래? 그쪽은 귀찮은 '개봉 조건'도 없었잖아. 직접 '과제'라고 했을 정도니까 사오리가 우리에게 '시키고 싶은 것'이 쓰여 있을 거야."

"무슨 내용일지 궁금하지 않냐?"

"응, 궁금해."

키리노의 '레코드(기술)'를 열지 못한 대신 그만큼 사오리의 '레코드(기술)'로 호기심을 채우고 싶다.

나도, 쿠로네코도 그런 마음이었다.

"그럼 바로 열어볼까."

쿠로네코가 바인더에서 사오리가 쓴 봉인된 봉투를 꺼내 탁자에 올려놓았다. 그러고서 가위를 가져와 풀을 발라놓은 부분을 열었다.

그렇게 해서 나타난 '레코드(기술)', 사오리가 준 '과제'는….

…커플답게 유원지에서 즐겁게 놀기.
…표를 동봉해놓았습니다.

굉장히 사오리다운 배려와 친절이 넘치는 내용이었다.

이튿날, 오전 7시 40분. 약속 시각 20분 전.

치바역에 도착한 나는 모노레일 개찰구로 이어지는 에스컬레이터 옆에서 여자친구를 기다리고 있었다.

"…키리노 녀석, 진짜."

나는 쿠로네코와 만나기로 한 자리에서 여동생에 대한 불만을 터트리고 있었다.

왜냐하면 외출할 때 키리노와 이런 대화를 주고받았기 때문이었다.

…너 오늘 여자친구랑 데이트하지?

…응, 그런데.

…그럼 네 옷, 내가 코디해줄게.

…뭐? 왜???

진심으로 이해가 되지 않아 그렇게 묻자 키리노는 한심하다는 듯이 도도한 눈빛으로 이렇게 말했다.

…내가 요전에 걔한테 옷 선물했잖아? 걘 오늘 그걸 입고 올 테니까 거기에 맞는 옷을 골라주겠다고.

쓸데없는 참견 마! 생각했지만, 계속되는 말에….

…그러는 게 여자친구가 더 귀엽게 보인다고.

마음이 바뀌었다. 쿠로네코의 절친이자 인기 독자 모델께서 하시는 말씀이시니까.

…그래?

…그럼, 그럼! 내가 하는 말 잘 들어둬!

얌전히 옷 모델이 되었다. 왜 이런 옷밖에 없어 하고 끈질기게 잔소리를 듣긴 했지만!

그렇게 해서 평소에 비해 10퍼센트쯤 남자다워진(키리노의 평에 따르면) 나는 사랑스러운 여자친구 생각에 빠졌다.

…쿠로네코는 어떤 옷을 입고 올까.

키리노가 골라줬다면 평소의 고딕 롤리타풍과는 많이 다른 계통일 거 같은데.

'오늘 내 복장'과 어울리는 옷… 일 텐데 솔직히 모르겠다. 키리노한테도 물어봤지만, '만났을 때의 즐거움'이라며 가르쳐주지 않았다.

"………."

몸을 불안하게 들썩거린다.

이미 사귀고 나서 여러 번 데이트하는 건데 전혀 익숙해지지가 않네.

매번 첫 번째 데이트처럼 긴장된다. 가슴이 설렌다.

쿠로네코도 이랬으면 좋겠다.

그때.

나는 무의식중에 시야 끝에 들어온 인물로 눈을 돌렸다.

쿠로네코다… 하고 확신한 건 아니다. 아주 자연스럽게 시선을 빼앗겼다.

"…오래 기다렸지."

"지금 막 왔어."

눈과 마음을 빼앗긴 채 대답했다.

쿠로네코는 평소에 비해 인상이 확 달랐다.

제일 먼저 시선을 끈 것은 눈 깊이 눌러쓴 모자다. 전체적으로 보이시하게 통일한 코디네이트는 그녀 자신이 고를 리가 없는 것이었다.

물론 나도 이런 쿠로네코는 처음 보았다.

"그 옷….."

"응, 그때 키리노가 선물해준 거야. 저기… 어때, 나는… 잘 모르겠어서."

이런 옷을 입은 적이 없어서 스스로 평가하기 어렵다.

그러니까 쿠로네코… 카미네코의 옷처럼 자신만만하지 못한 거네.

나는 새삼 쿠로네코를 전체적으로 살펴보았고,

"굉장히 신선해. 그런 옷도 좋은걸."

보이시한 복장에 대답하듯이 쾌활한 목소리로 평했다.

"나한텐… 잘 안 어울리는 옷… 같은데."

"아, 그렇긴 하네. 네 이미지하고는 달라."

"…그렇지?"

이렇게 말하며 고개를 푹 숙인다.

옷과 달리 자신 없는 듯 들리는 말투에 절로 웃음이 나왔다.

정말 자기 평가가 참 낮다니까.

좋아, 그렇게 나온다면 내게도 생각이 있지.

나는 쿠로네코의 얼굴로 내 얼굴을 들이밀었다.

그러고서 모자챙을 가볍게 잡고 위로 들어 올렸다.

"왜 얼굴을 가리는 거야."

"아니…."

"평소 입는 옷도, 이미지가 다른 옷도 다 최고야. 네 남자친구라 기쁘다. 옆에서 같이 걸을 수 있어서 영광이야."

계속 칭찬해줘야지.

나도 부끄럽지만 내 여자친구를 비하하는 녀석은 그녀 자신이라고 해도 봐줄 수 없다.

그러자 쿠로네코는 입술을 파들파들 떨며 격렬하게 수줍어했다.

"…치… 치… 칭찬이 너무 과하다고…."

"아니, 전부 다 진심이고 이걸로는 부족할 정도야."

"………."

쿠로네코는 입을 다물었고, 그 얼굴은 점점 더 빨개졌다.

그러더니 조용히 한마디.

"…그럼 이 옷을 골라준 키리노에게 고마워해야겠네."

"…아, 그러게. 할 수 없지. 이번만은 나도 그 녀석에게 고마워하기로 할까."

"하여간…."

솔직하지 않다니까, 이런 뉘앙스로 기가 막혀 하는 쿠로네코.

그러고서.

"당신도 멋있어."

"…고맙다."

한 방 먹었다. 현기증이 나서 기절해버릴 것 같다.

"이것도 키리노가 골라준 거야. 네 옷이랑 잘 맞을 거라면서…."

큰일이다… 내가 공격에 나서지 않으면 녹다운되어버릴 거야… 뭐 이런 생각도 들고.

차분하게 생각하니 이해할 수 없는 논리에 지배당하고 있었음을 깨달은 나는 "그러고 보니 말인데"라며 화제를 바꿔 기사회생의 반격을 시도했다.

"오늘… 이 아니라. 이제부터 너를 루리라고 부를게."

"어…?"

쿠로네코는 컬러 콘택트렌즈를 끼지 않은 두 눈을 휘둥그레 떴다.

"왜, 왜 갑자기…. 서로 이름으로 부르는 건 아직 이르다고 이야기했었잖아."

"아니, 그런데."

나는 이유를 설명했다.

"사오리는 우리 관계를 진전시키기 위한 방책이라면서 '과제'를 써줬잖아. 그 마음을 헛되이 하고 싶지 않달까, 아무튼 우리도 노력을 해야 하지 않을까 싶어서. 이 데이트가 끝나고 다음에 사오리를 만났을 때 분명히 물어볼걸?"

…쿄우스케 씨, 쿠로네코 씨, 제가 강구한 방책은 어땠습니까?

…두 분의 관계를 진전시키는 데 도움이 됐을까요?

"…라고. 그때 '완벽했어'라고 말하고 싶어."

"……."

쿠로네코는 내 말을 진지하게 듣고서 눈을 감았다 떴다.

그리고 결의에 찬 표정으로 고개를 끄덕인다.

"그럼 나도… 쿄우스케라고, 부를게."

"오… 이렇게 나오는군."

여전히 남자친구와 여자친구의 공방이 계속되고 있었다.

누가 좀 더 상대를 부끄럽게 만들 것인가. 그런 승부가 되어가고 있었다.

"이제 부끄러워하기만 할 수는 없으니까. …그렇지, 쿄우스케?"

"…응."

두근, 그녀의 기습 공격이 나를 얼어붙게 만든다.

나는 이를 악물고 버텨낸 다음 반격하듯 오른손을 내밀었다.

"그래, 가자… 루리."

내 손에 그녀의 손가락이 머뭇거리며 얽히고.

"네."

우리는 나란히 걸어가기 시작했다.

사오리에게 엉덩이를 두드려 맞은 꼴이 되긴 했지만 오늘 데이트, 꽤 힘든 시련이 될 것 같구나.

나와 루리는 모노레일을 타고 먼저 치바미나토 역으로 향했다.

치바의 하늘을 경쾌하게 달리는 모노레일은 다른 교통 기관과 도착 시간이 별로 차이가 나질 않아서 자주 이용하게 되는 매력이 있다. 현수식 차량은 근미래적이어서 애니메이션 배경으로도 자주 사용된다고 한다.

나란히 앉아 잡담을 나눈다.

"데이트하러 유원지에 가게 될 줄은 몰랐어. 내 마안으로도 예상하지 못했던 일이야."

"너, 요새 눈이 빨갛지 않을 때가 많잖아."

갖가지 사정으로 내 앞에서 고딕 롤리타풍 이외의 옷을 입는 경우가 늘어났기 때문이다.

마안도, 사안도 아니잖아. 그런 의도를 전하자 그녀는 뚱하니 토라졌다.

"얼버무리지 마. 난 데이트 예산에 대한 이야기를 하는 거라고."

"미안. 데이트 예산이라… 고등학생에겐 절실한 문제이긴 하지."

특히 남자친구가 아르바이트를 하지 않는 경우엔 더욱 가혹한 일이다.

유원지에서 데이트를 한다.

만화나 애니나 게임이라면 창작의 주인공들은 얼마든지 쉽게 찾아가는 이미지가 있다. 나도 은연중에 여자친구가 생기면 유원지에서 데이트를 하겠지 하고 생각했고.

하지만 실제로 여자친구가 생겨 여름방학에 여러 번 데이트를 하자는 이야기가 나오고 예정을 짜야 하는 상황이 닥치고 보니까 말이지.

"돈이 없어."

"그래."

우리는 무겁게 고개를 끄덕였다.

"합숙 갔다 온 직후인 것도 원인이야. 그때 모아둔 돈을 많이 써버렸거든."

"암묵적인 양해로 가까운 곳에서 데이트를 했지."

"외식은 일절 없었어."

고등학생 커플의 각박한 사정이 존재했다.

사오리가 표를 주지 않았다면 유원지 데이트는 선택 후보에도 들어가지 않았을 거다.

"오늘도 최대한 절제하자. 아직 여름방학이 남아 있으니까."

"그래."

여자친구가 착실해서 참 믿음직스럽군.

이게 어느 누구 씨였다면 '뭐어? 돈이 없다니 그게 무슨 소리야? 꼴불견이네' 같은 소리나 할 테니까. 한바탕 날 욕한 다음에 돈을 내줄 것 같단 생각도 들긴 하지만.

"하지만 오늘은 조금 느긋하게 가자. 모처럼의 기회니까."

이 말만은 해두지 않으면 내가 나중에 곤란해진다.

"그것도 그러네. 적당히 생각해가며 쓰기로 해. 아… 지금 이 이야기와 관련해서 보고해둘 게 있어."

"…뭔데?"

거창한 말투에 긴장하게 되잖아.

루리는 가방에서 꾸러미를 꺼내 무릎 위에 올려놓았다.

"도시락을 싸 왔어. 유원지 안에 음식물 반입이 가능한 곳이 있다니까 괜찮으면 거기서 먹자."

"오오! 기대되는데!"

외식 지출 부담이 사라지는데다 데이트다운 이벤트도 된다. 루리의 좋은 판단이라 할 수 있었다.

다만 재료비를 내겠다고 해도 받아들이지 않을 것 같으니 그 부분은 좀 고려를 해야 할 것 같군.

모노레일에서 전철을 갈아타고 약속 장소에서 출발한 지 한 시간도 채 되지 않아 목적지에 도착했다.

시각은 오전 9시… 조금 전.

오늘도 날씨는 쾌청해서 데이트하기에 딱 좋은 날이었다. 우리는 하얗고 수려한 얼굴을 보여주는 유원지 게이트 앞에서 멈춰 서서 주위를 둘러보았다.

"사람이 많네…. 여름방학의 유원지는 보통 이런가?"

"글쎄, 내가 어떻게 알겠어. 나한테 여긴 더할 나위 없는 어웨이(적지)라고."

루리는 희미한 미소를 지으며 "리얼충의 소굴, 증오스러운 장소…" 등등 저주의 말을 중얼거렸다. 매우 그녀다운 모습이었지만, 이 녀석은 과연 알고 있을까.

"오늘은 나랑 너도 같은 리얼충이야. 유원지에 커플로 데이트를 하러 왔으니까."

마주 잡은 손을 가볍게 들어 보이자 루리는 꾹 힘을 주어 손을 움켜잡았다.

"…훗… 지금의 나는… 과거의 내가 증오하는 존재로 타락해버렸구나."

멋진 대사인데 뺨이 풀려 있어서 영 폼이 안 산다. 내 얼굴도 풀려 있다.

사오리가 준 표로 게이트를 통과하자 인형 탈을 쓴 마스코트가 친근하게 다가와 팸플릿을 건네주었다.

활기찬 음악이 흐르는 가운데 좌우에 선물 가게가 줄지어 자리한 넓은 길을 걸어갔다.

어딜 봐도 알록달록하고 밝고 한눈에도 유원지! 라는 느낌의 풍경.

"그럼 어디서부터 볼까?"

팸플릿 지도를 펼치고 옆에 있는 루리에게 물었다.

"순서는 뭐가 됐든 제트코스터와 관람차 같은 가장 기본적인 어트랙션은 타보고 싶어."

"오, 적극적이네."

"훗… 유원지 어트랙션은 어린애같이 유치해서 내 취향은 아니지만 사오리가 기껏 표를 선물해줬으니까. 노벨 게임 제작에 취재도 될 거고….”

히죽히죽 웃으며 변명하기 시작하는 루리.

표정과 대사가 안 맞잖아. 너 어트랙션 엄청 기대하고 있지?

참 나, 할 수 없지. 동심으로 돌아가 놀고 싶은 마음을 솔직히 표현하지 못하는 여자친구를 위해 내가 좀 나서줘볼까. 나는 목에 힘을 주어 큰 소리로 말했다.

“루리, 가장 기본인 저거 사자!”

내가 구입한 것은 토끼 귀 머리띠였다. 유원지에서는 기본으로 착용하는 아이템으로 주변에 있는 아이들도 모두 머리에 쓰고 있다.

“쿄우스케… 이건 아무래도 좀… 너무 오버하는 거 아냐?”

“오버는 무슨.”

“…조금 부끄러운데.”

어…? 사복에 고양이 귀를 다는 당신께서?

뭐가 다른데. 참으로 난해한 여자친구님이시다.

하지만 이건 버텨야 할 상황이다. 루리는 이곳에서 수치심을 깨끗이 잊어줘야 한다.

그게 더 즐거우니까.

나는 내가 봐도 어울리지 않는 토끼 귀를 착용하며 말했다.

“같이 하고서 돌아다니고 싶어. 부탁해.”

“그렇게까지 말한다면… 할 수 없지.”

모자를 벗고 토끼 귀를 머리에 장착하는 루리.

정말이지 동물 귀가 세상 제일로 잘 어울리는 여자다.

너무 귀여워.

바로 사진부터 찍자 마침내 루리는 수치심을 버릴 각오가 선 것 같았다.

"큭큭큭… 이렇게 된 이상 각오하고서 평소엔 못 하는 체험을 하고 가겠어."

"그렇게 나와야지. 그런데 유원지에서 노는 데 각오가 필요해?"

"그래. 어차피 나와는 어울리지 않는 장소니까. 이것 봐, 쿄우스케. 즐거워 보이는 음악이 흘러나오고 있고, 어딜 봐도 커플과 가족 동반인 사람들뿐인데다 모두 행복하게 웃고 있어. …주변 모든 것이 이곳은 빛 속성 땅이라고 주장하고 있지. 어둠의 권속인 우리에겐 버거운 장소야."

들뜬 표정에서 돌변해 주위의 경쾌한 분위기에 지긋지긋하다는 듯 어깨를 축 늘어뜨리는 루리.

야, 들어오자마자 지치지 마. 정말 이런 데를 불편해하는구나.

"거기 벤치 있으니까 좀 앉아서 생각해보자."

유원지에 들어와서 먼저 어디서 무엇을 할까….

우리가 고른 건 벤치에서 휴식.

참으로 어둠의 권속다운 시작이었다.

이세계 판타지 같은 거리에서 벤치에 나란히 앉아 팸플릿을 둘이 함께 살펴본다.

"그럼 좋아하는 어트랙션을 골라봐."

"그러면… 일단 여기."

루리가 고른 것은 포춘 에리어. 말하자면 '점술 어트랙션'이 많이 모여 있는 곳이다.

"아, 너 점 보는 거 좋아하지."

"응." 루리는 고개를 끄덕이고서, "물론 내가 배웠던 것 같은 본격적인 점은 아니겠지만… 훗… 엔터테인먼트로서 관심이 있어."

유원지의 어트랙션에 후려치기를 시전하는 루리.

자신 있는 분야엔 이런 면이 있단 말이지. 그런 모습도 흐뭇하고 마음에 든다.

"그러고 보니 합숙 때에도 사랑 점을 쳤었지."

"…그, 랬지."

당시 기억이 떠올라 부끄러워졌는지 그녀의 목소리가 작아졌다.

그래, 그날 미스터리어스한 카페에서 사랑 점을 치고….

어떤 결과가 나왔더라?

이상하게 기억은 희미하지만 행복한 인상만이 남아 있다.

아마 행복한 미래를 가르쳐줬겠지.

"그때 본 점이 맞도록 노력하자."

"…바보."

토라진 듯한 목소리로 말하며 루리는 고개를 휙 돌려버린다.

"그런데 스스로 '점에서 나온 대로' 되도록 끌고 가는 건 좀 아니지 않나?"

"점이란 게 그런 거잖아. 점을 보고서 나쁜 결과가 나오면 빗나가게 노력하고, 좋은 결과가 나오면 맞도록 노력하고. 그러면 되는 거 아닌가?"

"당신다운 생각이네."

"그러면 안 돼?"

"아니, 좋아."

"…이 바보야."

얼굴이 화끈거린다.

그런 나를 보고 루리는 '복수했다'는 듯이 큭큭큭 웃고 있었다.

우리는 입구에서 동쪽으로 걸어가 목적지에 도착했다.

포춘 에리어는 '마법사의 저택'을 흉내 낸 건물이다.

접수를 마치고 건물 안으로 들어섰다. 짧은 통로를 지나자 돌로 된 방이 나왔다. 물론 이미테이션이겠지만 꽤 그럴싸했다. 진짜 '마법사의 저택' 같았다.

어두컴컴하지만 흐릿한 광원이 곳곳에 있어 각 어트랙션으로 이어지는 방문을 비추고 있었다.

문에는 분위기를 망치지 않을 정도로 알아보기 쉽게,

'별점', '타로점', '마법의 수정구슬', '이름풀이', '기념사진'

등등 같은 간판이 걸려 있었다.

루리는 평소와 달리 내 손을 먼저 잡아끌었다.

"쿄우스케, 가자."

"어느 점 보게?"

"전부 다 돌아볼 거니까 상관없어."

"알았어. 그럼 가까이 있는 문부터 가자."

신났는데. 정말 오컬트를 좋아한다니까.

그렇게 해서 '별점' 문을 열었다가 나는 조금 실망했다.

안에서 점술사가 대기하고 있는 게 아니라 점술 머신이 설치되어 있는 게 전부였기 때문이었다.

이래선 다른 방도 마찬가지일 거 같은데. 들떠 있던 루리가 어떤 반응을 보일지 무서워.

슬쩍 그녀 쪽을 살펴보자 여전히 눈이 반짝반짝한 오컬트 취향 소녀가 있었다.

"자, 왜 그래, 쿄우스케?"

"아, 아니… 기계로 보는 점인데 너는 괜찮은가 싶어서."

"후후, 내가 실망할까봐 신경 써준 거야?"

"어… 뭐…."

말을 흐리는 내게 루리는 이렇게 말했다.

"괜찮아."

"진짜? 의외네."

기계에는 마력이 없으니까 안 된다거나 그런 말을 할 줄 알았는데.

"점에는 지식과 기술도 중요하거든. 서투른 인간보다 능숙한 기계가 더 좋은 점을 칠 수도 있어."

…능숙한 기계가 뭔데?

아, 점을 보는 올바른 방법이나 순서를 바탕으로 만들어졌다, 뭐 그런 건가.

"내게 점을 가르쳐준 선생님이 그렇게 말하셨어."

"선생님? 점술 교실… 같은 거?"

"할머니 친구분이셔. 할머니가 살아 계실 때 우리 집에 놀러 오셨거든. 가끔 가르쳐주셨지."

"헤에."

오컬트를 좋아하는 중2병 소녀의 싹은 의외로 그게 계기였는지도 모르겠네.

"하지만 선생님은 나한테는 재능이 없다고 하시더라고. 그래도 '점은 지식과 기술도 중요하니까 너도 제대로 공부하면 좋은 점술가 가 될 수 있어'라고 하셨어."

고코우 루리에겐 점술에 재능이 없다.

어린애에겐 매우 가혹한 말을 하는 사람이었구나.

하지만 그렇기 때문에 진심 어린 지도였는지도 모르겠다고 상상 이 됐다.

"아, 그러고 보니⋯ 여름방학 들어가기 전에 오랜만에 선생님을 만났어. 너와의 관계에 대해 점을 봐달라고 하려고."

"어."

갑자기 이야기의 중요도가 확 올라가는데.

"치바 중앙역 옆에 점술관이 있는 거 알아? 거기가 선생님 가게 야."

"헤에⋯ 점 본 결과는 어땠어?"

"'주변 좋은 사람들의 덕을 본다'고 했어."

"맞았네."

"그래."

우리는 서로를 보며 웃었다.

우리가 사귀게 된 건 많은 사람들의 응원 덕분이었으니까.

부장과 세나를 비롯한 게임 연구회 사람들.

고코우가 사람들.

사오리.

그리고 키리노도.

많은 얼굴들이 뇌리에 떠오른다.

"거기 진짜네… 나도 점 보고 싶으니까 다음에 같이 가자."

데이트 소재로 좋겠다는 생각 반, 진심 반으로 해본 말이었는데.

루리는 고개를 천천히 저었다.

"아쉽지만 지난 주말에 가게를 접으셨어. '나이도 있고 후계자도 없으니까'라면서. '마지막으로 루리의 점을 볼 수 있어서 좋았다'고도 하셨지."

"그렇구나… 그럼 어쩔 수 없네."

"사실은 스카우트를 제안받았거든. 괜찮으면 자기 대신에 그 가게에서 점술가 일을 해보지 않겠냐고."

"굉장하네! 진짜 점술가한테서 인정받은 거잖아?"

루리 씨, 혹시 취업 성공하신 건가요? 3학년인 나보다 먼저?

"영광스러운 이야기였어. …거절했지만."

"어, 왜?"

역시 일자리로는 불안정해서?

"내가 점술가라는 커뮤니케이션이 중시되는 일을 할 수 있을 것 같아?"

"………."

아무 말도 할 수 없었다.

그래, 이런 말밖에 안 나왔다.

"…그리고 지금 하는 아르바이트를 그만두고 싶지 않았거든."

"어, 너 알바 해?"

"응… 서점에서."

"처음 듣는 이야기긴데! 어디 서점?"

"상점가 구석에… 개인이 경영하는 작은 헌책방 있지?"

"…그런 게 있었나?"

"…눈에 띄지 않는 가게니까. 그래서 나라도 일할 수 있는 거긴 하지만."

"나, 가봐도 돼? 네가 일할 때."

조심스레 물어보았다. 싫어할지도 모른다고 걱정이 됐으니까.

하지만 루리는 "물론이지" 하고 대답해줬다.

"…내 '레코드(기술)'에 적어놨거든. 내가 아르바이트할 때 당신이 손님으로 찾아오는 거."

그러니까 루리도 바라던 바란 말인가?

이걸 군이 남자친구한테 요청할 일인가 싶어 고개를 갸웃거리자 그걸 눈치챈 그녀가 말했다.

"남자친구는 나에 대해 더 많이 알아주길 바라니까."

"…응."

의문을 가진 내가 바보였다. 내가 '루리가 아르바이트를 하는 곳에 가보고 싶다'고 생각한 것도 여자친구에 대해 더 알고 싶다는 욕구 때문이었는데.

"그럼 약속한 거다."

하나 더 '두 사람의 운명'이 채워진다.

생각했던 대로 '데스티니 레코드(운명의 기술)'는 재미있는 시도였다. 하길 잘했어.

참고로 점술 머신을 통해 본 '별점' 결과는 짧게 줄이겠지만,

'매우 가까운 미래에 두 사람에게 큰 사건이 일어날 것이다'

'불꽃과 함께 시작과 끝이 있을 것이다'

'위험이 다가온다. 오늘부터 내일 사이 부상에 주의할 것'

…이렇게 나왔다.

묘하게 수수께끼 같은 문장이다.

솔직히 이해는 되지 않았지만 루리가 흥미롭다는 듯이 고개를 끄덕이고 있으니 넘어가기로 하자.

흐음… 세 번째 문장은 조금 불안한 느낌이 들긴 하지만.

제비뽑기 같은 거니까 평소라면 크게 신경도 안 쓸 내용이다.

하지만….

"어머나, 쿄우스케, 화면 여기… '플루토(명왕성)'를 봐. 우리 죽음의 암시가 강하게 나타나 있어."

"기쁘게 말하지 마! 우리 일이라고!"

"당신과 함께라면 내세로 떠나는 것도 나쁘지 않은 것 같아서."

"무거워!"

옆에 이 녀석이 있으니까.

오늘부터 내일까지라. 알았어, 전력을 다해 조심하도록 하지.

그 후….

'별점'에 이어 '타로점', '마법의 수정구슬', '이름풀이' 순으로 돌아보았다.

"오, '조만간 두 사람의 관계가 더욱 돈독해질 것이다'래! 신난다!"

"유원지에서 보는 점이니 타깃이 기뻐할 결과가 나오는 건 당연하잖아."

"아까 '별점'은 완전 불길한 분위기였잖아."

"…그것도 그러네. 커플에 대한 배려는 없나."

이런 대화가 끝나자마자….

"…자… '자식을 얻게 된다'니."

"이 성희롱 머신아! 학생 커플한테 무슨 이런 결과를 보여주는 거야!"

굉장히 어색한 결과가 나와 당황하기도 하고.

그러면서 우리는 건물 안의 기념사진 코너로 들어갔다.

게이트에 있던 것과는 다른 인형 옷을 입은 마스코트가 같이 사진을 찍어주는 곳이었다. 코스프레 의상도 마련되어 있어서 원하는 사람은 입을 수도 있는 것 같았다.

"코스프레를 하고 사진을 찍다니… 조금 부끄럽네."

"……."

너, 매일 코스프레 하는 거나 마찬가지 아니냐?

나는 그런 지적을 군이 입에 담지 않았다.

"다음 분, 들어오세요!"

인형 옷을 입지 않은 진행 요원의 말에 우리는 각자 탈의실로 향했다.

나는 몇 가지 의상 가운데 추천한다는 '기사'를 고른 다음 다시 루리와 합류했다.

루리가 고른 의상은 '마법사'.

고깔모자와 로브, 그리고 떡갈나무 지팡이.

나는 쓴웃음을 지으며 말했다.

"너무 잘 어울리는데."

"큭큭… 그렇지. 역시 내겐 어둠 속성의 장비가 어울린다니까…
…."

슥, 공격 주문을 쏘듯이 지팡이를 치켜든다.

너무나 프로 수준의 완벽한 모습이라 카메라를 든 진행 요원이 진심 어린 한숨을 내쉬었다.

문득 내 어깨를 누군가가 두드렸다.

인형 옷을 입은 마스코트다.

그?는 동그란 눈으로 나를 쳐다보며 의미심장하게 고개를 끄덕였다.

…프로는 참 대단하구나. 이것만으로도 무슨 말을 하고 싶은지 전해지다니.

나는 이를 드러내며 웃었고….

"루리."

"어? 쿄우스… 꺄아."

기사답게 공주님처럼 그녀를 안아 들었다.

뭐, 입고 있는 옷은 마법사 복장이긴 하지만.

그렇게 두 사람과 한 마리가 함께 촬영을 했다.

아버지에게서 빌린 카메라에 남은 그 사진은 가장 소중한 기념이 될 거다.

포춘 에리어를 나와 바로 옆줄에 섰다.

20분을 대기해야 하는 어트랙션이다. 서양식 성을 모티프로 한 제트코스터로 유원지 내에서도 인기 있는 놀이기구 같았다. 어린애도 탈 수 있을 정도로 가벼운 수준인 것 같지만.

"정말이지… 내가 기껏 포즈를 정하고 있었는데… 틀림없이 표정 이상하게 찍혔을 거야."

"미안, 미안. 그래도 표정은 괜찮은 것 같은데. 볼래?"

디지털 카메라를 만지작거리며 묻자 "안 볼래"라고 답하는 심기 불편하게 들리는 목소리.

"…소금사탕 먹을래?"

"그런 걸로 내 기분이 풀릴 거 같아?"

"아니, 그게 아니라. 열사병 대책이야."

혼자선 고통스러운 대기 시간도 이렇게 여자친구와 함께라면 즐거운 환담의 시간으로 변신하게 된다.

결국 좋아하는 상대와 함께하면 뭐든지 다 좋은 건지도 모르겠다.

나는 방해가 될 것 같은 토끼 귀를 넣으며 말했다.

"루리는 제트코스터 탄 적 있어?"

"아니, 마지막으로 유원지에 온 게… 이젠 기억도 안 나는 옛날인걸. 제트코스터를 체험하는 건 처음이야."

"사실은 나도 그래. 가족이 같이 간 곳이라곤 마더 목장 같은 데뿐이었거든."

"마더 목장을 우습게 보지 말아줘. 굉장히 좋은 곳이라고."

호되게 혼났다! 루리는 마더 목장에 무슨 감정이 있길래!

"루리는… 제트코스터 괜찮겠어?"

"괜찮겠냐니?"

"무섭지 않아?"

"전혀 무섭지 않아. 오히려 왜 그런 걸 묻는 거지? 아, 설마… 쿄우스케, 당신… 무섭구나?"

놀리듯이 말하는데도 전혀 화가 나지 않는다.

말하는 사람이 누구냐가 이렇게 중요한 거구나!

"사실은 조금 무서워. 아무래도 처음이라서. 어떤 건지도 모르고."

솔직하게 진심을 털어놓았다.

어차피 이제 직접 타게 될 거고, 어쩌면 여자친구 눈앞에서 울부짖게 될지도 모른다. 그렇다면 처음부터 강한 척 허세부리는 대신 처음이라 무섭다고 말해두는 게 낫지….

"한심한 남자친구네."

루리가 웃음을 터트렸다. 뭐가 웃긴지 배를 부여잡고 숨을 헐떡인다.

나는 얼굴이 화끈 달아올랐다.

"미, 미안하게 됐네! 아니… 제트코스터잖아! 저렇게 높은 곳에서 단숨에 파악 하고 급가속을 한다고! 완전 미지의 체험이라 전혀 짐작도 안 가지만 당연히 무섭지 않겠냐!"

"후… 후후… 동행이 있으면 어린애도 탈 수 있는 어트랙션인데? …의외로 귀여운 구석이 있는걸, 쿄우스케?"

"…크윽."

말문이 막혀 쑥스러워하는 내 머리에 루리는 갓난아기를 달래듯이 한 손을 올렸다.

"괜찮아… 내가 옆에 있어줄게."

"어, 어린애 취급하지 마!"

그러는 사이에 줄이 줄어 우리는 함께 제트코스터에 올라타게 되었다.

손을 마주 잡은 채로.

코스터는 천천히 높이 올라가… 정점에서 정지했다.

"…이거… 왜 갑자기 멈추는 거야? 무섭게 왜 이래?"

"정점에서 정지해서 '지금부터 단숨에 미끄러진다. 각오해라' 하고 공포를 부채질하는 거지. 장면 묘사에 아주 좋은 참고가 되겠어."

"넌 괜찮아 보인다?"

"당신이 너무 무서워하는 거야. 눈 감고 있으면 더 무섭지 않을까?"

"아니, 나도 알긴 아는데."

진짜… 내가 겁쟁이인 거야? 보통 다들 이렇지 않나?

어린애라도 탈 수 있다고, 그따위 말 내가 알 게 뭐야! 무서운 건 무섭다고!

나는 눈을 살짝 뜨고 그 순간을 기다렸다.

그리고….

덜컹 하는 진동이 있은 다음 마침내 코스터가 가속하기 시작했다.

굉음과 함께 레일을 단숨에 미끄러져 떨어진다.

앞에서 불어오는 바람.

펄럭펄럭 옷이 휘날리고 얼굴 피부가 잡아당겨지는 느낌이 들었다.

승객들의 환성과 비명이 혼연일체가 되어 주위에 울려 퍼진다.

"우와아아아아아아아아아!"

나도 큰 소리를 지르며 즐기고 있었다.

그렇다, 즐거웠다. 무서운 건 발차하기 전까지였다. 일단 가속을 한 뒤에는 상쾌하기만 했다. 루리 식으로 말하자면 내가 질풍이 되는 감각이라고나 할까.

끝없이 기분이 고양되었고, 심장이 더 강렬한 스릴을 찾기 시작했다.

"야! 이거! 재미있네!"

어린애처럼 흥분해 연인에게 동의를 구했다.

그러자.

"꺄아아아아아아아아아아아아아아아아아아아아아아아아아!"

루리는 울고 있었다.

지금까지 한 번도 들어본 적 없을 만큼 큰 소리를 지르며 울부짖고 있었다.

커다란 눈물방울이 맺혀 뒤로 날아간다.

"야, 너! 조금 전까지만 해도 아무렇지도 않아 했잖아!"

"히익! 으으~~~~!"

큰 소리로 따져도 들리지 않는 모양이다.

야, 그렇게 눈 감고 있으면 더 무서울 것 같은데.

"괜찮아! 내가 옆에 있어! 걱정하지 마!"

나는 그녀의 손을 힘껏 잡고 계속해서 그렇게 격려하고 달랠 뿐이었다.

마침내 코스터가 정지하고….

앞으로 푹 고꾸라진 루리가 있었다.

"…이, 이런 악마의 탈것을 어린애가 타다니 말도 안 돼."

"그래! 그렇지! …부축해줄게 내려서 좀 쉬자. 응?"

"하아… 하아… 후우… 다, 다시는 안 타. 절대로, 평생, 안 탈 거야…."

쓴웃음이 나오지 않을 수 없었다.

그 후에도 루리는 제트코스터의 대미지를 좀처럼 지우지 못하겠는지 한동안 걸음걸이가 위태로웠다.

그로 인해 페이스도 떨어졌다.

충분한 휴식을 취한 다음 찻잔 같은 가벼운 수준의 어트랙션을 타기도 하고 유원지 안을 느긋하게 산책하며 보냈다.

점심때가 되어 피크닉 에리어란 곳에서 도시락을 먹기로 했다.

피크닉 에리어. 모 유원지의 같은 이름을 가진 시설처럼 탁자와 의자가 놓여 있는 공간인 줄 알았는데 그렇지 않았다.

널찍한 초원. 그런 분위기의 장소였다.

이미테이션 통나무 벤치와 탁자 등이 있는 것 외에 에리어 입구 매점에서 음료수와 돗자리 등을 팔고 있었다.

우리는 아무것도 사지 않고 군데군데 심어놓은 나무 아래에 루리가 가져온 돗자리를 펼치고 앉았다.

"이거 기분 좋은걸."

"그래…… 어둠의 권속인 나도 이제는 빛으로 '클래스 체인지(환생)'한 존재, 태양의 편안함…… 나쁘지 않아."

"바람에 날려가지 않게 돗자리 네 모퉁이에 돌 올려놓자."

"요새 내 이런 발언에 전혀 동요하지 않더라. 물론 바람직한 변화이긴 하지만 완전히 무시하는 건 좀 아니지 않을까?"

"열심히 적응한 결과잖아!"

"당신도 맞춰서 대답한다, 그게 진정한 적응이거든?"

"매번 그러는 건 힘들어!"

중2병 대사는 그렇게 번개처럼 떠오르지 않는다고.

이 흐름은 불안한데…. 화제를 바꾸자.

"그러고 보니 컨디션은 이제 괜찮아?"

"응, 추태를 보였네."

"무리는 하지 마라, 진짜로. 데이트보다 네가 더 중요하니까."

화제를 돌리기 위해 꺼낸 이야기였지만 이건 진심이다.

"정말… 걱정도 많다니까."

루리는 쑥스러운지 고개를 숙이며 귓불을 붉혔다. 그걸 들키고 싶지 않은지 서둘러 가방에서 도시락을 꺼낸다. 자그마한 가방에도 수납 가능한, 세로로 3단 구성인 디자인의 물건이다.

"자, 먹어… 남자친구를 위해서 싼 거니까."

그녀가 직접 뚜껑을 열어준다.

제일 먼저 나타난 것은 주먹밥. 크기는 자그맣고 귀엽게 생겼다.

"세로로 김을 두른 게 연어. 가로로 두른 게 명란젓. 고양이 모양 김은 가다랑어포야."

"오오… 잘 먹겠습니다!"

"응, 맛있게 먹어."

"그럼 먼저 이 고양이 주먹밥부터."

한입 덥석 물어본다.

"맛있어."

자연스럽게 말이 튀어나왔다. 굳이 공치사할 필요도 없는 자연스러운 감상.

루리는 자애로운 어머니처럼 흐뭇한 미소를 지었다.

"그래, 다행이네. 다른 것들도 많으니까…."

그러면서 계속해서 2단, 3단째 도시락 뚜껑을 열었다.

닭튀김, 계란말이, 비엔나소시지, 아스파라거스 고기말이 등등.

'남자라면 분명히 좋아할' 메뉴들에 나는 절찬의 목소리를 높였다.

"오오! 좋아, 좋아!"

"…역시 이 방향성이 옳았네."

"뭐가?"

닭튀김을 포크로 찍어 입으로 가져가며 묻자.

"난 말이지, 도시락이란 남자친구에게 어필하는 자리라고 인식하고 있었거든."

"흠, 흠."

뭐, 그런 측면이 있는 것도 같네.

"그래서 내 요리의 기량을 한눈에 알 수 있는, 그런 메뉴로만 골라야 한다고 생각했어. 자신 있는 일식으로 생선이랑 채소를 중심으로 해서, 그렇게 말이야."

"아, 그랬으면 난 '다음엔 고기를 많이 넣어줘'라고 했을지도 모르겠다."

"그렇겠지."

"왜 생각을 바꾼 거야?"

"도시락 장을 보러 갈 때 아빠가 같이 갔는데, '남고생한테 먹일 거면 이 메뉴는 좋지 않다고 생각하는구나'라고 하시더라고."

굿 잡, 아버님.

"그때에는 울컥했는데 결과적으로는 적절한 조언이었던 것 같아."

"남자친구한테 엄청 어필이 됐어."

"진짜?"

"응."

루리는 입버릇처럼 '나여도 괜찮은가'라는 확인을 하려 든다.

자기에게 자신이 없어서 그런지도 모르겠다.

그래서 나는 몇 번이고 전력을 다해 그녀에게 긍정해준다. 그게 남자친구가 할 일이라고 생각하니까.

물론 진심에서 우러나온 태도로.

"나, 루리랑 결혼하고 싶은걸."

"…무슨 소릴 하는 거야."

이렇게 쑥스럽게 만드는 게 너무 재미있다는 이유도 있긴 하지만.

"…채소도 먹어. 난… 건강한 사람이 좋아."

"네, 네."

이렇게 여유를 부리고 있었는데 말이지.

루리는 깔끔한 동작으로 아스파라거스 고기말이를 젓가락으로 집더니… 조용히 웃었다.

"훗, 쿄우스케…."

사악하기 그지없는 얼굴로 반찬을 내 입으로 가져온다.

그러고선.

"아… 해."

"이, 이렇게 나오다니…!"

"큭큭큭… 나를 욕보이고서 기뻐하는 변태 남자친구에게 반격을 해주겠어. 자, 어서 부끄러워해라…."

"너도 부끄러워하면서 그러기냐! 얼굴이 새빨갛네!"

"시, 시끄러워. 어서 입 벌려. 내 마음이 한계를 맞이하기 전에……."

우리는 도시락을 먹을 때조차도 싸웠다.

참 나… 주위가 다 커플이라 다행이었다니까.

그러고서….

우리는 몇몇 어트랙션을 즐겼다.

절규 계열이 모두 봉인되어버렸다 해도 궁금한 곳은 얼마든지 있었다. 유원지에 대해서는 거의 창작물 속에서만 접한 것이 전부인 우리에게는 신선한 경험들뿐이었다.

정말로….

이번 여름은 특별했다.

그런 멋진 날에도 끝이 다가오고 있었다.

하늘이 조금씩 주황색으로 물들기 시작한다.

"선물 사서 돌아가야지. 사오리와 키리노한텐 특히 신세를 졌으니까."

"그럼 둘이 돈 모아서 사자."

"먹을 걸로 고르자. 다음에 모일 때 다 같이 먹을 수 있을 만한 걸로."

그런 대화를 나누며 수많은 선물 가게를 둘러보면서 한정된 예산

안에서 쇼핑을 즐겼다.

개인적인 쇼핑을 여자친구에게 들키지 않게 끝마치기가 조금 힘들었지만.

마지막으로….

"가기 전에 관람차 타지 않을래?"

"그래. 그렇게, 할까."

우리는 이 유원지의 중심 놀이 시설이기도 한 대관람차에 탔다.

유원지 중심에 있는 이 어트랙션에서 보는 풍경은 유원지 내에서도 최고의 풍경이라고 하더라고.

…바다도 가깝고 하니 당연히 절경이겠지.

우리는 곤돌라 안에서 서로를 마주 보지 않고 옆에 나란히 앉았다.

…데이트니까 이래도 되는 거지? 이러는 게 거리도 더 가깝고, 이게 맞겠지?

평범함을 사랑하는 나는 이런 때에도 어디선가 봤던 데이트 매뉴얼을 필사적으로 떠올리려 하고 있었다.

내 여자친구는 좋은 쪽으로도, 나쁜 쪽으로도 평범하지 않다. 매뉴얼이 통할 리가 없는데 말이다.

우리가 탄 곤돌라가 천천히 올라간다.

유원지 안에서는 보이지 않았던 웅대한 바다가 시야에 펼쳐진다.

휘청, 흔들리고.

"꺅."

"아, 괜찮아?"

"으, 응…."

몸이 밀착한다. 서로 화들짝 놀라 떨어지고.

"………."

"………."

거북한 침묵.

…아아, 진짜 뭐 하는 거야! 몸이 닿는 것 정도야… 아까 부축해줬을 때가 훨씬 더 가깝게 밀착했었잖아.

아니, 나도 안다. 상황이 다르지.

제트코스터를 타고 뻗은 여자애를 운반하는 것과 관람차 안에서 단둘이 있는 지금은 완전히 다르지.

"저, 저기 봐! 오늘 탄 어트랙션들이 저렇게 작게 보인다!"

"으, 응…… 그러네…… 바다도 아름다워. 합숙 때 본 것과 비슷한걸."

"그, 그래….."

어색한 대화.

아아, 제길! 풍경이야 당연히 예쁘긴 한데! 그게 지금 문제가 아니잖아!

머릿속이… 복잡해서!

아니야! 이렇게 관람차를 탔으니까 좀 더 멋진 분위기를 만들어야지!

그러려고 애를 쓰면 쓸수록 적절한 말이 떠오르지 않는다. 안달이 나고 조바심이 나서 미칠 것 같다.

"…………."

"…………."

…정적이 이어진다.

시간은 멈추지 않고 곤돌라는 계속해서 돌아간다.

어떡하지. 이걸 어쩌지. 이대로 가다간 아무 일도 없이, 둘 다 입을 다문 채 곤돌라가 지상에 도착해버릴 텐데. 그건 너무나… 아니잖아.

결심을 해야 했다. 지금 당장이라도 움직여야 한다.

""저어.""

서로를 마주 보며 동시에 같이 입을 연다.

"…으."

"…아아."

그러고서 다시 둘 다 입을 다물어버린다.

너무 어색해…. 하지만 아마 같은 생각을 하고 있었던 거겠지.

그럼 다시 한번! 몇 번이고 다시!

"이거! 받아줘!"

나는 두 손으로 그걸 바쳤다.

예쁘게 포장된 상자다. 루리는 당황한 얼굴로 그걸 받아 들었고.

"…나, 한테?"

"응!"

"지금… 열어봐도 돼?"

"그래줘!"

집에서 열어보겠다고 하면 어떡하나 싶었다고.

그녀는 고개를 끄덕이고 조금 초조한 손길로, 하지만 세심하게 포장을 벗기고 상자를 열어 안에 담긴 것을 꺼내… 손바닥에 올렸다.

"…와."

하트 모양의 페어 목걸이다.

비싼 건 아니다. 짝을 맞추면 하트 모양이 완성되는 심플한 디자인의 물건이다.

"너, 아까, 이거… 보고 있었잖아? 그래서… 기념으로."

"나 몰래… 샀구나."

"…응."

"아침에… 돈 아끼자고 했었는데…."

"아, 아니… 이건 써야 할 상황이지."

멋진 말이 나오질 않는다.

조금 더 세련된 말을 생각해뒀었는데 너무 긴장이 돼서 생각이 안 난다.

그런데 그녀는 황홀하다는 듯 하트를 바라보더니 나를 똑바로 응시했다.

"…고마워, 쿄우스케. 기뻐."

"…천만에요."

"소중히 여길게. …평생… 아니, 영원히."

"너무 오버다."

"…저기."

"응?"

"나… 오늘, 즐거웠어."

"나도야."

자신에게 부과된 미션을 무사히 마쳐서 그런지 분위기가 풀린다.

자연스레 우리는 창 밖을 바라보았다.

곤돌라는 이제 곧 정점에 도달할 거다.

저녁놀이 바다에 떨어지고 있다.

주황색 빛이 수면에 빛나는 길을 만들고 있다.

그 합숙 때에도 우리는 이렇게 함께 바다를 보았지.

"어제도, 그전에도 늘 즐거웠어."

"나도야."

그리고 오늘도 함께 같은 풍경을 보고 있다.

"또 같이 오자."

"응."

"예산이 없으니까 다음엔 빨라야 겨울방학이 되겠네…."

봄이 끝나고, 여름이 끝나고, 가을이 오고, 겨울이 되어.

그러면 또다시 함께 같은 풍경을 보게 되겠지.

"그때에는 크리스마스랑 새해가 있어."

"새해 참배를 갔다가 일출을 보는 건 어때?"

"그거 좋은데. 둘이서… 아니면 다 함께?"

"고민되네."

"여러 번 가면 되지."

"새해 첫 일출은 한 번밖에 못 보는데?"

"1년 후도, 2년 후도 있잖아."

"……………."

나는 그녀의 얼굴을 바라보았다.

저녁놀을 받은 옆얼굴은 이 세상 무엇보다도 아름다웠다.

놀랐는지 눈을 크게 뜨고서 나를 쳐다보고 있다.

눈치챘을까. 내가 하고 싶은 말이 제대로 전해졌을까.

"쿄우스케."

루리는 내 이름을 불렀다.

그런 다음 선물한 목걸이를 소중히 양손으로 들고서.

"채워주겠어?"

"응."

나는 그녀의 목에 두 손을 둘러 목걸이를 채워줬다.

긴장으로 손이 떨린 걸 들켰을지도 모르겠다.

"어울려?"

"최고로."

"고마워. 나도 네게 채워줄게."

루리도 내가 했던 것처럼 목걸이를 채워줬다. 그 손이 떨리는 것을 깨닫고 내심 웃음이 나왔다.

이런 점은 닮은 것 같네, 우리들.

키 차이가 있어서 루리는 몸을 앞으로 내밀어야만 내게 목걸이를 채워줄 수 있다. 필연적으로 일련의 동작 후에 우리의 얼굴은 가까워졌고….

"…………."

"…………."

평소라면 쑥스러워서 떨어졌을 상황.

그런데 우리는 가까이에서 서로를 바라보고 있었다.

순간이 영원처럼 느껴지는 시간이었다.

천천히 그녀가 눈을 감고….

우리는 가볍게 스치는 듯한 키스를 했다.

지금의 두 사람에겐 이게 한계다.

친한 누군가가 훔쳐봤다면 분명히 비웃었겠지.

하지만 지금까지 살아오면서 최고로 행복한 시간이었다.

밀회의 추억을 가슴에 품고 귀갓길에 오른다.

치바역 구내에서 나오자 비가 똑똑 떨어지기 시작하고 있었다.

"어, 일기예보에선 오늘 맑을 거라고 했는데."

밤하늘을 올려다보니 불온한 구름이 펼쳐지고 있었다.

저 멀리 자리한 검은 구름에선 번개가 번쩍인다.

잠시 뒤에 들리는 천둥소리.

"우왓."

"본격적으로 쏟아지면 큰일이야. 조금 서두르자."

그런 이야기를 하고 있을 때였다….

"오빠."

귀에 익은 목소리가 나에게 날아왔다.

목소리의 주인을 돌아보니 그곳에는 검은 머리의 미소녀가 있었다.

"…우연이네요."

"…아야세? 이 시간에 어쩐 일이야?"

"…당신에게 말할 필요가 있나요?"

"없습, 니다, 만…."

아야세의 표정이 매섭고 진지하게 바뀌었다.

야, 야, 뭐냐, 이 무서운 태도는…. 하긴 이 녀석은 나한테 늘 이렇긴 하지만.

최근에 만난 적이 없어서 잊고 있었네.

아라가키 아야세. 키리노의 같은 반 친구이자 모델 동료이자 절친.

그리고 나를 뱀이나 독전갈이라도 되는 것처럼 싫어한다… 고 생각은 하는데, 가끔 키리노 일로 고민 상담을 하기 위해 찾기도 한다.

그런 묘한 관계.

"누구지?"

루리가 옆에서 묻는다.

"키리노 친구야. 왜, 너도 여름 코믹 마켓 때 잠깐 봤잖아."

"아아, 그때."

루리는 아야세를 기억해낸 것 같았다.

그쪽도 마찬가지였는지,

"그때… 키리노와 같이 있던…."

아야세의 눈빛이 더욱 날카로워졌다.

뭐, 아야세한테 루리… 쿠로네코는 적이니까.

키리노의 오타쿠 친구잖아. 자신에게서 키리노를 멀어지게 만든 원흉 중 하나지.

…'위험이 다가온다. 오늘부터 내일 사이 부상에 주의할 것'

불길한 예감이 뇌리를 스쳤고, 나는 루리를 감싸듯이 앞으로 나섰다.

툭 하고 커다란 빗방울이 이마를 적신다.

뇌운을 등지고서 아야세는 말했다.

"두 분은… 어떤 관계, 인가요?"

"내 여자친구인데."

"역시…!"

이야기 흐름을 읽을 수 없었다.

왜 이 대화로 아야세가 임전 태세가 되는 거야!

"당신들 때문에… 키리노가….."

"야! 도대체 왜 그래!"

"당신들 때문에 키리노가, 없어진다고!"

아야세의 의미를 알 수 없는 외침에….

"…무슨 소리지?"

루리가 매섭게 달려들었다.

"키리노가… 없어, 진다고?"

"그것도… 모르다니. 그런데 무슨 키리노의 친구 행세를….."

기가 막힌다고 내뱉듯 말하는 아야세.

설마, 싶었다.

…오늘은 아야세랑 놀 거야.

아야세는 키리노에게서 그 이야기를 들은 게 아닐까.

…나, 장래에 해외에 나가서 살 거야

…난 이제 일본에 오래 있을 수 없으니까.

그래서 크게 동요해버린 게 아닐까… 아무리 그래도.

루리와 나에게 화를 내는 이유는 모르겠지만.

"키리노는 유학 기간이 끝나도 해외에서 살 거래요."

"…정말이야?"

루리가 내 얼굴을 보며 물었다.

"그런 것 같아. …그 녀석이 스스로 결정한 거야."

"…당신들 때문이죠?"

나는 화를 내는 소녀를 돌아보았다.

"아야세가 왜 그런 말을 하는지 이해가 안 되네."

"오빠가! 당신이! 그러니까…! '키리노가 일본에서 떠나기로 결심한 거'랑! '두 사람이 사귀기 시작한 거'랑 상관이 없을 리가 없잖아요!"

"이해할 수 없군."

망언으로밖에 들리지 않았다. 그렇지 않은가… 이때의 나는 아야세가 한 말을 이해할 만한 '전제 조건'이 부족했으니까. 아야세가 화를 내는 진짜 이유를 짐작도 할 수 없었다.

하지만 정확하게 짐작해낸 사람도 있었다. 바로 내 옆에 말이다.

그렇기 때문에.

"거기… 당신이라면 이해하죠? 내가 하는 말이 맞다는 걸! 당신 때문에 키리노가 깊이 상처 입었다는 걸! 그래서 일본을 떠나려 하고 있다는 걸!"

"…그럴 수가…."

루리는 아야세가 하는 말을 진지하게 받아들여서 말을 잃고 말았다.

당시의 나는 왜 그렇게까지 충격을 받는지 놀라기만 할 뿐이었지만.

"야, 적당히 해라, 아야세. 아무리 너라도 내 여자친구를 비난하는 건 용서할 수 없어."

"…당신은 아무것도 몰라요."

"그럴지도 모르지."

괴로워하는 얼굴에 나도 그만 말이 부드러워졌다.

"대화가 안 맞는 것 같네. 아마 내가 둔해서 그런 거겠지. 이해를 못 하는 모양이야. 네 이야기를 듣고 제대로 이해를 해야 하는데 말이야. 하지만."

나는 말했다.

"그건 네가 진정한 다음에 할 일이야. 그러고 나면 나 혼자서 들을게. 그리고 다시 생각해보겠어."

나는 손바닥으로 빗방울을 받았다.

"빗발도 세지고 있잖아. 밤도 깊었고."

지금은 그만하자. 숨은 의도를 눈치챘는지 아야세는 마지못해 고개를 끄덕였다.

"…알았어요. 그럼… 나중에 봐요."

"그래. 그럼 그때까지 휴전이다."

애써 밝게 행동한다. 조금이라도 경악하고 있는 루리를 안심시키고 싶었다.

"신경 쓰지 마. 루리 잘못 아니니까."

"고마워. …괜찮아."

강해지는 빗발 속.

우리는 우렛소리와 함께 떠나가는 아야세를 언제까지고 지켜보고 있었다.

제 **4** 장

비가 내리는 가운데 나는 루리를 집까지 바래다주었다. 편의점에서 산 우산을 쓰고 나란히 걷는다.

"……."

"……."

가는 내내 대화는 없었다. 루리는 줄곧 입을 다물고 있었다.

화가 나서는 아닐 거다. 아야세가 한 발언에 충격을 받은 것 같았다.

…'키리노가 일본에서 떠나기로 결심한 거'랑! '두 사람이 사귀기 시작한 거'랑 상관이 없을 리가 없잖아요!

라고 했던가.

…아야세는 왜 그런 말을 했을까?

아무리 생각해봐도 상관없는 일인 것 같은데.

왜냐면 키리노가 스스로 결정한 일이라고 했으니까.

아야세가 한 말이 사실이라면 그때의 키리노는 거짓말을 한 게 된다.

그렇게는 안 보였어.

그 녀석이 나한테 거짓말을 할 이유도 짚이는 게 없고.

…그랬다. 적어도 나는 짐작 가는 게 없었다.

그래서 아야세가 무슨 착각을 한 게 아닐까 하는 것이….

…당신은 아무것도 몰라요.

…내 의견.

현 시점에서의 내 의견이다.

"루리… 아까 그거 말인데."

나는 크게 동요하고 있는 그녀에게 내 생각을 말해보았다.

조금이라도 마음이 가벼워지면 좋겠다는 생각에서였다.

하지만 루리의 표정은 밝아지지 않았다.

그러는 사이에 고코우가 앞에 도착하고 말았다.

"…여기면 충분해."

"…응. 있잖아…."

그녀가 기운을 차렸으면 좋겠다, 그 생각을 포기하지 못하고 나는 뭐든 말을 걸어보려고 했다. 하지만 그보다 먼저 루리가 말했다.

"오늘, 즐거웠어. 고마워, 쿄우스케."

"…나도야."

겨우 조금이긴 하지만… 웃어주었다. 그것만으로도 내 초조함은 많이 달래졌다.

"나, 결정한 게 있어."

루리는 내 얼굴을 똑바로 바라보았다.

…여기 오는 내내 생각에 잠겨 있었지.

자세를 바로 하고 경청하는 나를 보고서 그녀는 부드럽게 미소 지었다.

"남은 여름방학을 당신과 마음껏 즐긴다'고 한 거 있잖아."

무거운 말이 나올 줄로만 알고 있었기에 맥이 빠져버렸다.

"얼굴이 왜 그래?"

"아니… 아야세가 한 말을 신경 쓰는 것 같아서…."

"갑자기 기운을 차리는 모습이 의아하다고?"

"…뭐, 그렇지."

긍정하자 루리는 후후 하고 요염하게 웃었다.

"그 일은 내 나름대로 결론이 났어. 그러니까 생각하는 건 이제 끝이야. 그런 거지."

의미심장한 말투는 익숙한 중2병의 영향일까. 그렇다면 안심이 되는데.

나는 시험하려는 의도를 포함해 가볍게 말했다.

"좀 신난 것 같다?"

"응, 여름방학도 무한하지 않아. 한정된 귀중한 시간… 우울해하고만 있으면 아깝잖아."

"그렇… 지. 정말 그래."

다시 밝게 웃는 모습을 보고 답답했던 마음이 개운해진다.

오늘은 루리와 둘이 유원지 데이트를 했다. 여기저기 돌아보고 마지막에는 관람차를 타고서….

스치는 듯한 키스를 했다.

"내일 또 만나, 쿄우스케."

"그래, 내일 보자."

"다음 '데스티니 레코드(운명의 기술)', 꼭 써 와야 해."

"알았어, 너도."

그런 최고의 하루를 최고의 기분인 채로 끝낼 수 있을 것 같다.

루리와 헤어져 집으로 돌아온 나는 그날 안에 키리노에게 상담을 해보았다.

아야세가 '묘한 트집'을 잡은 건에 대해서였다.

'묘한 트집'… 돌이켜보면 말이 너무 심했지. 다만, 같은 말을 반복하는 거지만 이때의 나는 그렇게밖에 생각되지 않았다.

푹 빠져 있던 PC 게임을 중단하고 내 고민을 들어준 동생은,

"오케이, 내가 어떻게든 해볼게."

담백하게 맡아주었다.

"고맙긴 한데… 어떻게든이라니, 뭘 어떻게 하려고?"

"아야세와 이야기해서 오해를 풀고 이해시킬 거야. 걱정할 거 하나도 없어. 너, 아야세랑 다시 이야기할 거라고 그랬는데, 그것도 안 해도 돼. 아니, 아야세랑 단둘이 만나다니, 진짜 기분 나쁘거든요."

"기분 나쁘다니… 야…."

이 자식… 자연스럽게 욕을 섞어서 말하네.

"…그럼 부탁한다."

"알았어."

단호하게 대답하고서 자기만 믿으라는 듯이 가슴을 두드리는 키리노.

야… 이 동생님, 진짜 믿음직스럽네.

이 녀석, 해외에서 돌아온 뒤로 완벽 초인이 더 레벨업을 한 거 아냐?

큰 경험을 통해 성장했다… 할지, 인간으로서 한층 더 커졌다고나 할지.

"아, 그런데."

키리노는 '이것만은 말해둬야지'라는 듯이 말을 이어나갔다.

"나, 아야세랑 이야기하고 나서 쿠로네코하고도 할 건데… 그것만 가지고는 아마 부족할 거야. 그러니까 너, 걔 잘 주의해서 지켜봐줘라. 남자친구잖아."

"…알아."

"걱정된단 말이지~."

"좀 믿어라. 뭐가 그렇게 걱정이냐?"

"음… 설명하기… 어려워~~. 으음~~ 너, 절대로 자기 말처럼 이해하지 못했잖아. 내버려두면 나중에 복잡하게 만들 것 같아서 좀 그런데… 근데 또, 아아~~."

두 손으로 머리를 감싸 쥐고서 고뇌에 빠진다.

그러고선.

"…나보고 설명하라고? 진짜? 완전 싫은데?"

키리노는 자문자답을 하듯 중얼거리기 시작했다.

"뭔진 몰라도 그렇게 싫다면 안 물어볼게."

"으음, 미안. 그건 스스로 어떻게든 해봐."

"그럴 생각이다. 내 문제니까. 전부 다 너한테 맡길 수만은 없지."

그래.

키리노는 귀국하고서 나한테 사과를 했다.

예전의 이 녀석이었다면 더 비비 꼬인 식으로 말했을 텐데.

변했다… 혹은 변해가고 있다.

키리노 자신도.

우리의 관계도.

예전과 똑같아 보이지만 달라지고 있다.

그렇게 느꼈다.

그게 좋은지 나쁜지는 모르겠지만 말이다.

그러고서….

다시 최고의 여름방학이 재개되었다.

나와 루리는 '데스티니 리포트(운명의 기술)'에 따라 각자 상대와 하고 싶은 것을 제안하고 실행했다.

…아르바이트할 때 남자친구가 찾아와준다.

…여자친구와 노래방에 가서 노래 부르고 싶다.

…동물원에 가고 싶다.

…완성한 게임 시나리오를 읽어줬으면 좋겠다.

…등등.

중2병 요소를 한껏 담은 교환 일기 같은 행위는 질리지도 않고 우리를 사로잡았다.

루리는 아야세와의 만남으로 침울해했던 건 잊어버린 것처럼 발랄한 태도로 나를 몇 번이고 계속해서 반하게 만들었다.

물론 여름방학의 추억은 둘만의 시간만 있는 건 아니다.

…모두 함께 여름 코믹 마켓에 가고 싶다.

이런 소원도 있었다.

어느 날, 나와 루리는 같은 내용을 써 와서 서로 깜짝 놀랐다.

'모두 함께'라는 건 사오리와 키리노가 있는 '오타쿠 소녀 모여라
―'만이 아니라.

세나와 부장, 마카베가 있는 '게임 연구회'도 포함된다.

그러니까….

"난 코우사카 키리노! 잘 부탁해!"

"아카기 세나입니다. 안녕하세요, 키리노 씨!"

이렇게 되었다.

조금 더 설명하자면, 오늘은 여름 코믹 마켓 마지막 날 오후.

쇼핑을 마치고 좀 진정이 된 상황에서 합류해 모두 함께 밥이라
도 먹으러 가자는 상황.

하지만 이번에는 우리들 중 누구도 서클 참가를 하지 않았다.

키리노도, 루리도, 게임 연구회 사람들도 각자 다른 일로 바빴기
때문이었다.

게임 제작에 시나리오 집필, 밀린 게임 소화에 데이트 등등으로.

무엇보다도 키리노가 다시 해외로 떠나는 게 내일이다.

'마지막 추억 만들기'라는 표현은 쓰고 싶지 않지만 그런 거다.

오전 중에는 '오타쿠 소녀 모여라―' 멤버들끼리 행사장을 돌며
전력을 다해 즐겼다.

나를 포함해서 말이다.

지금 우리는 게임 연구회와 합류해 식사할 곳을 찾아 국제전시장

역 옆을 이동 중. 앞장서서 걷는 사오리 뒤를 따르며 자기소개를 하는 중이다.

그런 와중에 제일 눈에 띄는 게 키리노와 세나였다.

특히 키리노는 반소매의 가벼운 차림이었는데 굉장히 세련되어 보였다.

여름은 몸에 걸칠 수 있는 아이템이 적어서 차별화하기 어려운데 말이지.

역시 인기 독자 모델님이시라니까.

키리노 옆에 서서도 어느 정도 팽팽한 균형을 지키고 있는 세나의 미소녀 레벨이야말로 칭찬받아 마땅하지 않을까 싶다.

"와, 진짜 놀랐어! 코우사카 선배한테 이렇게 귀여운 여동생이 있다니! 이야기를 듣긴 했지만… 상상했던 것보다 더 대단하네!"

"나도 아카기 얘기는 오빠한테서 들었어. 얘랑 같은 반에 친구… 라고."

이렇게 말하며 키리노는 루리의 어깨에 팔을 둘렀다.

내가 더 친하다고, 이렇게 주장하는 것처럼. 그러자 루리는 눈살을 찌푸렸다.

"그만해. 덥잖아."

"응? 뭐 어때."

"하여간… 너는…."

이렇게 말하면서도 싫지는 않은 기색이다.

그런 모습을 보고 세나는 여러모로 깨달은 게 있는지 조용히 웃었다.

"나도 키리노랑 친해지고 싶다…. 루리를 상대할 때처럼 연상이라고 거리 두지 말고 편하게 대해주면 좋겠다….”

“그럼 '세나치'라고 불러도 돼?”

“아, 그거 내 별명이야? 물론 오케이지.”

“기세 좋은데, 세나치. 나랑 잘 맞을 것 같아.”

“나도 그렇게 생각했어~~!”

두 손바닥을 상대의 손바닥에 짝, 소리 내어 맞추며 의기 투합 포즈를 취하는 키리노&세나.

역시. 이 둘을 만나게 하면 이렇게 될 줄 알았다고.

“키리노, 그럼 오타쿠 토크 시작해볼까!”

“좋아…. 빨리 친해지고 싶으니까 전력을 다해 말해도 돼?”

“후후후… 우리는 둘 다 비밀 오타쿠들이니까! 1년 중 오늘 하루만은! 모든 것을 해방하는 날이다!”

기운이 넘치는 세나였다.

키리노의 구속에서 풀려난 루리가 '이거 위험해질 것 같은데'라는 표정을 지었다.

한편 키리노는 눈을 빛내며 말했다.

“진짜…? 세나치, 깰지도 모르는데?”

“얼마든지 덤벼라! 뭐든 다 받아주겠다! 그 대신 내 취향과 긴 이야기도 다 받아줘야 합니다!”

“좋았어, 나만 믿어! 절대로 안 깰 거야!”

위험한 콤비가 결성되었다.

싸늘한 눈을 한 루리가 스스슥… 소리도 없이 녀석들에게서 떨어져 내 옆까지 다가왔다.

“여긴 위험해. 떨어져 있자, 쿄우스케.”

"그래… 긴급 대피다, 대피."

우리는 선두 그룹으로 도망쳤다.

밥맛 오타쿠 여자×2를 목격하고 넋이 나간 마카베를 추월해서 가자,

"너 보기보다 제법이다! 절대 연하라는 게 믿기지 않는 지식 수준이야…!"

"후후후, 미우라 님이야말로요! 좋은 정보 교환 자리가 되었습니다요!"

부장과 사오리가 이야기를 나누고 있었다. 이쪽은 이쪽대로 진한 오타쿠 토크로 이야기꽃을 피우고 있었다. 오타쿠 그룹의 리더들이라 잘 맞는지도 모르겠다.

오타쿠 소녀 모여라―와 게임 연구회의 교류회는 원활하게 진행 중인 것 같다.

축제가 끝나고 어느 정도 일단락이 되었다.

문득 구름 한 점 없는 하늘을 올려다보며 힘껏 두 팔을 뻗었다.

"아아… 오늘도 즐거웠다."

"그러게."

내가 흘린 혼잣말에 대답이 돌아왔다.

사랑하는 사람의 목소리다.

"올여름은… 매일, 언제나… 즐거워."

그 말에 거짓은 없었다. 나중에 돌이켜봐도 거짓말은 일절 포함되어 있지 않았다.

정말로. 진짜 정말 진심으로.

올여름은 특별하고….

즐거운 일들만 가득했다.

하지만… 그래. 피할 수 없는 슬픈 일이 있다면. 그것은 단 하나.

…마침내 그때가 찾아왔다.

이튿날 아침.

코우사카가의 현관 앞에 가족 전원이 모여 있었다.

"…원하면 언제든지 돌아와라."

"키리노니까 걱정 안 해도 되겠지만 자주 연락해야 된다."

나란히 선 부모님이 딸에게 각각 말을 건네고 있었다.

"응, 고마워… 아빠, 엄마."

그렇다. 오늘 아침은 키리노가 다시 해외로 떠나는 날.

"아니, 아빠! 또 때 되면 돌아올 거니까 그런 표정 짓지 마."

"…동요하는 거 아니야."

무뚝뚝하게 거짓말을 하는 아버지. 그 표정은… 묘사하지 않고 넘어가도록 할까.

키리노는 슬쩍 내게 시선을 보내더니 짧게 인사말을 던졌다.

"너도, 잘 지내."

"너도."

"흐히히."

"왜?"

"아무것도 아냐."

남매끼리 별 의미도 없이 서로를 보고 웃는다.

도대체 이게 뭐람. 이제 와서 평범한 남매처럼 말이다.

아아, 진짜, 뭐 하는 건지.

"야, 빨리 가버려."

훠이훠이, 손으로 내쫓자 키리노는 송곳니를 드러내며 씨익 웃었다.

"너, 여동생하고 헤어지니까 눈물 날 거 같지? 그래서 날 빨리 보내려고 그러는 거지? 나도 다 알거든."

"군이 그런 말 할 필요 없잖아. 피차일반인데."

"……."

훌쩍, 콧소리를 낸다.

누구냐고? 글쎄다! 상상에 맡기도록 하겠어!

솔직하지 못한 오빠라 미안하다, 그래.

마지막이라고… 솔직해질 리가 있겠냐고.

"좋았어."

키리노는 뭔가를 털어내듯이 자기 뺨을 가볍게 두드리고선 고개를 들었다.

그러고서.

"다녀오겠습니다아…!"

씩씩하게 여행을 떠났다.

지난번과는 확연히 다른, 산뜻한 출발이었다.

특별한 시간은 얼마 남지 않았고, 그렇기에 소중히 잘 써야 한다.

그런 건 10년 넘게 살다 보면 다 아는 거긴 한데.

새삼스럽게 지금 생각이 났다… 아니, 뼈저리게 느꼈다.

부모님이 집에 들어가신 뒤에도 나는 한참 동안 키리노가 떠난 쪽을 바라보고 있었다.

…하아아, 내가 봐도 참 미련을 못 버리는구나.

그런 한심한 녀석에게로 여동생이 돌아서 떠나간 길모퉁이에서 어떤 인물이 모습을 드러냈다.

"…루리?"

내 쪽을 향해 걸어온 것은 나의 여자친구, 고코우 루리다.

익숙한 검은 옷을 입고서 무거운 발걸음으로 내 옆까지 다가왔다.

그러고서 조용히.

"…가버렸네."

"응."

왜 여기에 루리가 있는 걸까 생각하다가.

아마 이게 맞지 않을까 싶은 질문을 던졌다.

"너도 걔 배웅하러 와준 거야?"

"응, 마침 저기서 만났어."

"뭐야, 같이 배웅하면 좋았을걸."

"그렇긴… 한데."

루리는 설명하기 힘들어하는 모습이었다.

"어제 여름 코믹 마켓 갔다 오는 길에 사오리랑 같이 인사했으니까… 사실은 여기에 올 생각 없었어. 그런데… 그래도 보고 싶어서

… 정신을 차리고 보니 당신 집 근처까지 와 있더라고….”

타고난 소극성이 발동해 앞으로 나서지 못하고 있었겠지.

“망설이는 사이에 키리노가 달려와서… 도망칠 새도 없이 만나고 말았어.”

“그랬구나.”

이걸 참, 루리답다고 해야 할지.

키리노 녀석, 달리기 빠르니까. 운동치인 루리가 빠르게 대처하지 못했을 거다.

그녀는 부끄러운지 빠르게 말을 이어나갔다.

“사정을 눈치챈 키리노가 대놓고 웃었어.”

“그랬겠지.”

나도 웃음이 나오는 걸 참느라 힘드니까.

“마지막 기억이 그거라니… 내가 생각해도 이건 실수야.”

“다시 돌아왔을 때 새로 고치면 되잖아.”

이번 생의 마지막 이별인 것도 아니니까.

“그래.”

우리는 함께 저 멀리를 응시했다.

같은 마음을 공유했다는 사실에 위로를 받은 기분이 들었다.

“그보다.”

나는 지금 내 마음을 차지하고 있는 생각을 굳이 가볍게 취급하기 위해 밝은 목소리로 말했다.

억지로라도 기운을 내야지… 안 그러면 그 녀석한테 지고 마니까.

“이제 곧 여름방학도 끝이야! 아직 ‘데스티니 레코드(운명의 기술)'에는 안 썼지만….”

“마지막으로 큰 추억을 만들자.”

이렇게.

“먼저 말해버렸네.”

여름방학 마지막으로 평생의 기념이 될 일을 하자.

아무래도 나와 루리는 같은 생각을 하고 있었나 보다.

“후훗.”

그녀는 평소에 보기 힘든 천진난만한 미소를 지으며 말했다.

“이미 계획은 짜놨어. 들어줄래?”

“물론이지. 어차피 여기까지 온 거 집에 들어갈래?”

가벼운 마음으로 한 말이었다. 그런데 루리는 깊이 생각하더니.

“…오늘은 당신 부모님이 집에 계시잖아. …‘여자친구로서’ 인사 선물도 준비하지 않는데… 괜찮을까?”

“너무 크게 생각하지 마!”

내가 너희 집에 갔을 때에는 준비할 시간도 주지 않았으면서!

왜 자기는 완벽하게 준비된 상황에서 우리 부모님을 만나려고 하는 건데!

애는 이런 면이 있다니까.

“하, 하지만….”

“자, 괜찮아. …가자.”

“꺅.”

나는 그녀의 손을 잡아끌고 우리 집으로 향했다.

키리노가 여행을 떠나자마자 갑자기 ‘아들의 여자친구’를 소개받은 아버지의 얼굴은 참으로 볼 만했다. 어머니는 이미 루리의 존재를 알고 있었기 때문에 '드디어 사귀는구나' 같은 태도로 웃고 있었지만.

…아마 오늘 밤쯤에 가족회의가 열리겠지.

각오하고 있다고! 이르든 늦든 이런 전개가 됐을 테니까!

그리고 루리를 내 방으로 데리고 왔는데….

"……."

"……."

묘한 침묵이 우리 사이에 깔렸다.

둘 다 우두커니 서서 서로를 바라보는 자세로. 앉으라고 하거나 차를 내오는 등 할 일은 많이 있을 텐데….

"…아… 저기….."

어떡하지.

내 뇌가 갑자기 고장이 나버렸나 보다.

지금까지 '쿠로네코'를 내 방에 들여 단둘이 있게 됐을 때에도 이런 적은 없었는데.

신경 쓰이는 이성 후배이긴 했지만 아직 그런 대상으로 보지는 않았으니까.

코우사카 쿄우스케의 여자친구인 '고코우 루리'를 방에 들여 단둘이 있게 된 건.

놀랍게도 지금이 처음이다.

그걸 둘 다 떠올리고 있어서겠지.

그리고 서로가 서로를 너무 의식하다 못해 이렇게 되어버린 거고.

"……."

"……."

그 순간 문득 깨달았다.

루리의 시선이 내 몸을 훑고 있었다.

직접 만진 것도 아닌데 짜릿하고 간지러운 감촉이 온몸을 달린다.

야! 고코우 씨?! 음흉한 시선인 게 한눈에도 다 보이거든요!

남녀 역할이 반대가 된 거 아닙니까!

크윽! 누가 좀 가르쳐줘….

여자친구가 성적인 눈으로 나를 쳐다보고 있는데요! 이럴 때 남자친구는 어떻게 하면 되는 겁니까!

"………………."

"………………."

마치 목숨을 건 결투를 하는 것 같은 팽팽한 긴장감.

그걸 끝낸 건 똑똑… 하는 조심스러운 노크 소리였다.

"우왓!"

의도치 않게 큰 소리가 튀어나와 나 스스로도 깜짝 놀랐다.

황급히 달려가 문을 열자 보이는 것은 가식적인 미소를 짓고 있는 어머니의 얼굴.

"차랑 과자 가져왔단다…."

어머니는 내 어깨 너머로 루리를 보며 말했다.

"편히 쉬다 가렴!"

"…아, 네."

끄덕끄덕, 막대기처럼 뻣뻣하게 고개를 움직이는 루리.

뒤이어 어머니는 내게 귓속말을 하더니,

"…우린 방해 안 되게 아래층에 있을 테니까 잘하렴."

엄지를 척 세운다.

"………."

이미 방해하고 있는데요?

1분만 늦게 왔으면 아마 야한 전개가 됐을 텐데?

그런 원망이 들었지만 패닉에 빠졌던 게 진정이 됐으니 일단 감사는 해두기로 하자.

그리고 아버지! 당신까지 궁금하다고 올라왔냐!

모퉁이에서 슬쩍 고개 내밀고 쳐다보는 거 다 보이거든! 당신이 그래도 경찰이야?

…문이 닫히고.

"…어흠."

나는 정신을 차리기 위해 헛기침을 한 번 했다.

"시끄러운 부모님이라 미안해. …일단 앉아서 차 마시자."

"…으, 응."

조금 어색하긴 했지만, 일단 이렇게 다시 가기로 하자.

잠시 쉬고서.

"그럼… 쿄우스케, 회의를 시작하자. 우리의 '라그나로크 플랜(종말의 계획)'에 대해…."

루리는 자신의 계획을 평소처럼 '데스티니 레코드(운명의 기술)' 형태로 제시해주었다.

…쿄우스케와 다시 한번 불꽃놀이를 본다.

순간.

"……."

나는 강한 기시감을 느꼈다.

플래시백처럼 밤하늘에 흐드러지게 피는 불꽃이 뇌리를 스친다.

합숙지에서 내가 루리에게 고백했을 때….

그때에도 불꽃이 피어 있었으니까 아마 그래서였겠지.

'불꽃'이라는 단어를 계기로 인상 깊은 추억이 되살아났다….

평범하게 생각해보면, 그렇다.

하지만… 설명은 잘 못 하겠지만 '그게 아니'라는 느낌도 있었다.

…여기가 아닌 어딘가에서 너와 불꽃놀이를 올려다보는 꿈.

단순한 꿈인데 왜 그런 중요한 장면에서 그런 말을 했는지도 잘 모르겠다.

…불꽃과 함께 시작과 끝이 있을 것이다.

그냥 점괘니까 크게 신경 쓸 일은 아니다.

점이란 맞을 수도, 안 맞을 수도 있는 법이니까… 단지 그런 것일 뿐인데 왜 이렇게 내 마음이 흔들리는 거지?

점괘의 문구가 잠깐 머릿속에 떠올랐을 뿐이다.

마치 피할 수 없는 진짜 점괘가 존재한다는 것을 알고 있는 것처럼.

나는 쿵쿵거리는 가슴에 손을 댔다.

동생을 닮은 누군가의 미소가 흐릿하게….

"…쿄우스케?"

"…어?"

"왜 그래? 정신 차려… 더우면 에어컨 켜지그래?"

"아, 아냐, 미안. …아무것도 아냐."

"그래? 아무것도 아닌 얼굴이 아닌 것 같은데. 땀을 엄청 흘리고 있잖아."

…설마 나, 영감 있는 거 아냐?

예지몽이나 데자뷔 같은, 그런 걸 최근에 많이 경험하고 있다고.

이건 한 예인데.

여자친구가 일하는 가게에 찾아간다는 건 분명히 태어나서 처음 하는 경험인데.

왠지 모르게 그립다는 느낌을 받았다.

이런 일이 전에도 있었던 것 같은 기분이다. 그럴 리가 없는데도 말이다.

"솔직히 말하면 말이지."

"응."

내 이야기를 들을 자세를 보이는 루리에게….

"내 방에서 여자친구랑 단둘이 있는 게 처음이라서, 야한 전개가 벌어지지 않을까 하는 생각에 긴장해서 그래."

"가, 갑자기… 무슨 바보 같은 소리야. …부모님도 계신데…."

"그건 나도 아는데… 너희 집이나 우리 집이나 완전히 단둘이 있을 타이밍은 없잖아. 솔직히 조금 곤란한 문제라고는 생각하고 있거든."

"지, 진지한 얼굴로 그런 말을 하지 말아주겠어… 정말이지…."

…사실대로 말할 수는 없었다.

순진한 그녀가 따지고 들지 못하게 야한 화제를 꺼내 말을 돌렸다.

솔직히 말하면 오컬트를 좋아하는 그녀는 분명히 재미있어할 거다.

그런데 왜 그랬을까? 나도 잘 모르겠다.

"미안, 미안. 다시 계획 이야기로 돌아가자. …불꽃놀이 보러 가자는 거였지?"

"…정말."

그녀는 기가 막힌다는 듯이 한숨을 내쉬고선.

"이거야."

루리가 가방에서 꺼내 보여준 것은 불꽃놀이 대회 전단이었다.

일정으로는 꽤 나중이라 8월 후반이었다. 장소는 별로 멀지 않은 항구 옆.

"괜찮은데. 이거 가자."

루리가 '이런 걸 하자'는 말을 꺼내고 내가 '좋은데'라고 찬성한다.

회의라고 거창하게 말은 했지만, 대개 이렇게 끝이 난다.

내가 여자친구의 부탁을 거절한다는 건 있을 수 없는 일이니까.

"…기대하고 있을게."

다만… 왠지 모르게.

불온한 기시감이 가슴속에서 소용돌이치며 사라지질 않았다.

그렇게 해서 순식간에 불꽃놀이 대회 당일이 되었다.

아마 이번 여름에 우리가 주고받은 '소원'은 이제 하나나 두 개……….

그 정도밖에 안 남았을 거다.

그러니까 오늘 밤이 '여름방학의 라스트 이벤트'인 거다.

조금 아쉽네.

9월이 돼도 계속 하면 되지, 뭐. 나중에 제안해봐야겠다.

내가 있는 곳은 늦은 오후의 고코우가. 현관 앞에서 여자친구가 준비를 마치길 기다리고 있다.

그런 와중에 루리의 가족들과 마주쳐 이야기를 나누게 됐는데.

그 상대가 조금 문제가 있었다.

"왜 그래, 코우사카. 안절부절못하는 것 같네?"

쾌활하고 친숙하게 말하는 이 사람은 루리의 동생인 히나타… 가 아니라.

"여자친구의 어머님과 처음 만나게 되어 긴장하고 있는 겁니다."

"오, 솔직한걸. 이럴 때에는 '사랑하는 여자친구가 어떤 옷으로 갈아입고 나올지 기대돼서요'… 라고 해야 하지 않아?"

루리의 어머니, 고코우 루이 씨다. 루리와는 별로 닮지 않았는데, 히나타가 커서 머리를 풀면 이렇게 되겠지 싶은 분위기다.

남편인 시즈카 씨가 잡혀 사는 분위기를 보여서 '무섭고 엄격한 누나'라는 이미지를 멋대로 품고 있었는데.

실제로 만나보니 굉장히 친절해 보이는 사람이었다.

만만치 않아 보이는, 수수께끼 같은 미소를 짓는 사람이기도 했다.

이런 인상을 가진 사람과 최근에 만났던 것 같은데, 기억이 안 난다.

"눈치가 없어서 죄송합니다. 물론 그런 마음도 있죠."

나는 무난한 말로 대화를 이어나갔다.

여자친구의 부모님과 어떤 이야기를 하면 좋을지 도무지 모르겠다.

물리적으로 거리를 두려고 한 걸음 물러서자 쿠로네코의 어머님께선 스스슥 두 걸음 다가왔다.

그러고서 "흐음, 흐음" 하고 내 얼굴을 뚫어져라 쳐다보았다.

"…왜요?"

얼굴 위치가 가깝습니다만?

"아니~ 루리의 남자친구구나 싶어서."

"네, 루리의 남자친구입니다만."

"너, 점 믿는 타입이니?"

아아… 이 사람, 루리의 엄마 맞구나.

대화는 종종 캐치볼에 비유되곤 하는데.

캐치볼에서 갑자기 예고도 없이 능글맞게 마구를 던지는 타입이다.

"으음…."

잡을 수가 없다고! 이런 거에 어떻게 바로 대응할 수 있냐고!

"솔직히 잘 안 믿어요."

반은 거짓말이다. 최근엔 점이나 오컬트가… 어쩌면 있을지도 모른다는 생각을 하고 있다.

"루리가 점을 좋아해서 저도 좋아하려고 생각하고는 있습니다."

"점은 믿지 않는다, 하지만 점을 좋아하려고 생각은 하고 있다고 … 넌 상대가 기분 상하지 않게 잘 생각해서 말을 골라 하는구나."

"생각난 대로 말하는 건데요."

"그걸 자연스럽게 할 수 있는 거 아냐? 성실하고… 조금 신경질

적인 점이 있나."

"그거, 점인가요?"

"성격 진단이야… 여자들이 좋아하는 그거 있잖아. 가끔 점이랑 혼동되긴 하지만… 완전히 다르지. 나는 진짜 점은 못 치거든. 하지만 진짜 점술가는 만나본 적 있어."

루리에게 점치는 법을 가르쳐준 '선생님'을 말하는 건가?

루리의 할머니… 그러니까 루이 씨의 어머니. 그 친구분이 점술가라고 했는데.

"난 이 집에서 루리의 남자친구랑 만날 일은 없대."

"네?"

"점괘. 그렇게 나왔어."

"만나고 있잖아요, 지금."

"만나고 있네, 하하."

뭐지, 이 대화는. 주제가 뭔지 전혀 짐작도 안 간다.

딸의 남자친구를 품평하려는 거라고 보기엔 너무 건성이고.

의미 없는 잡담이라고 하기에는 굉장히 의미심장하다.

뭐랄까… 기준점이 없어서 종잡을 수가 없다.

마치 그녀 자신처럼.

그러니까 이 대화는 '고코우 루이 씨의 자기소개'로서는 꽤 제 역할을 하고 있긴 하다.

"엄밀하게 따지면 여긴 밖이니까, '이 집'에서 만났다고는 할 수 없을지도 모르겠네."

그런 그녀는 현관문을 열고 맥 빠진 모습으로 내게 손짓했다.

"코우사카 학생, 이리 와요."

"네에."

시키는 대로 뒤따라서 집 안으로 들어갔다.

두 사람이 현관에 나란히 선 자세. 그런 다음 루이 씨는 문을 닫고서.

"이제 난 '이 집'에서 '루리의 남자친구'와 만난 게 되네."

"점괘가 틀렸네요."

"응, 처음으로 틀렸어."

"네?"

"놀랄 일이야. 그 사람은 내가 어릴 때부터 수도 없이 점을 봐줬었는데… 오늘 처음으로 틀렸거든."

"………."

이제야 이해가 된다. 아까부터 이어지는 빙빙 에두른 표현에 도대체 뭘 하는 건가 싶었는데.

굉장히 잘 맞는 점괘에서 '루리의 남자친구랑 만날 일은 없다'고 나왔는데 오늘 나와 만나게 됐으니까. 그래서 놀랐던 거구나.

"코우사카, 이게 어떻게 된 일일까? 무슨 계기가 있어서 운명이 바뀐 걸까? 어떻게 생각해?"

"저는 점을 믿지 않습니다."

좋아하려고 노력은 하고 있지만 믿지는 않는다.

최근에는 오컬트(초자연 현상)가 존재할지도 모른다는 생각이 살짝 들고 있기는 하지만….

"그러니까…."

그렇기 때문에 내 답은 이미 정해져 있다.

"저와 루리 사이를 갈라놓는 점괘가 있었던 것도, 그게 틀린 것도… 더 말하자면 그 점술가가 진짜인지 아닌지도 저한테는 아무 상관도 없는 일이에요."

"신경 안 쓴다고?"

"제가 할 행동에는 달라질 게 없으니까요."

말로 표현하니 후련하네.

답답하게 막혔던 속이 뻥 뚫리는 것 같다. 혹은 굳은 각오가 섰다고나 할까.

루리는 나를 영웅처럼 칭송하지만. 나는 진짜로 그렇게 대단한 일을 한 게 없다.

그때마다 필사적으로 하고 싶은 일을 해왔을 뿐이다.

평범한 사람이 할 수 있는 것만을 닥치는 대로 해왔을 뿐이다.

오늘도, 내일도 그렇게 할 뿐이다.

"당장은 오늘 밤에 최고의 추억을 만들어야죠."

"그러니. 그럼 남자친구에게 맡길게."

"잘 맡겠습니다."

여전히 긴장이 남아 있는 목소리로 받아들였다. 그러자 루이 씨는 으히히, 재미있다는 듯이 웃으며 시선을 복도 쪽으로 돌렸다.

"온 것 같네."

"어…"

나도, 그녀도 같은 방향을 쳐다보았다. 그러자….

"…기, 기다렸지."

복도 안쪽에서 동생들을 데리고 유카타를 입은 루리가 걸어오고 있었다.

그녀의 이름처럼 검푸른 색(주1)의 유카타를 입고 있었다.

같이 걸어온 타마키는 큰언니를 황홀하다는 얼굴로 올려다보고 있었다.

히나타는 으스대며 나를 쳐다보고 있었다.

…코우사카! 감상이 어때?

그런 얼굴로.

나는 루리를 넋을 잃고 쳐다보다가….

"…카구야히메(주2) 같아."

바보 같은 감상을 털어놓았다.

"…어… 무… 무슨 말을 하는 거야…."

그 말을 들은 루리는 부끄럽다는 듯이 고개를 숙였다.

타마키가 나를 보고 천진난만한 미소를 지으며 말했다.

"언니 정말 아름답죠?"

"그래, 최고야."

"바, 바보야."

루리는 새빨개진 얼굴을 소매로 가려버렸다.

칭찬이 잘 전해졌나 보다.

…타마키 덕분이야.

"자, 어서… 가자."

"응."

저녁놀이 물든 가운데 나란히 출정하는 우리에게,

"다녀오세요, 언니, 오빠."

"잘하고 와…."

주1) 루리(瑠璃): 거무스름한 빛이 섞인 푸른색을 띤 광물 또는 보석을 말한다.
주2) 카구야히메: 일본의 고대 문학 작품 「다케토리모노기다리」의 여주인공.

동생들이 성원을 보내준다.

뒤를 돌아보니 루리의 부모님까지 나와 우리에게 손을 흔들어주고 있었다.

행복한 시간이었다. 분명 이런 날이 앞으로도 계속되겠지… 그렇게 생각하니 눈물이 나올 만큼 가슴이 벅차올랐다.

우리는 축제로 소란스러운 항구로 향했다.

밤바다. 우뚝 솟은 전망탑이 유달리 눈에 띄는 곳이다. 전망대에서 불꽃놀이를 구경하기 위해 탑 아래쪽에 긴 줄이 늘어서 있었다.

"…전망대는 힘들 것 같은데."

다시 묘한 기시감이 느껴졌다. 내 심장이 뭔가를 경고하듯 빠르게 뛴다.

바다에 접한 잔디밭에는 돗자리가 여러 개 깔려 있었고, 커플과 가족 동반객들로 바글바글했다.

적당히 어두컴컴한 곳은 연인들의 데이트 장소로 안성맞춤이다.

우리는 정처 없이 돌아다니며 대화를 나눴다.

"노점이 있네. …뭐 먹을래?"

"난 괜찮아."

"그래? 배 안 고파?"

"응… 아."

그때 루리는 뭔가 생각이 났는지 걸음을 멈추었고 그러자마자 바로 내가 말했다.

"메루루 솜사탕, 타마키한테 사다주자."

"쿄우스케, 내가 신경 쓰던 걸 잘도 알았네. 눈치가 너무 빠른 거 아냐?"

"사랑하는 여자친구 일이니까. 자, 가자."

"…하여간."

자연스레 손을 잡고 노점을 향해 걸어간다.

그러고서 우리는 메루루 솜사탕을 사고 바로 옆 노점에서 마스케라 가면을 사고서 그대로 노점 구경에 나섰다.

둘이서 요요 낚시를 했다.

사격 코너에서 웬일로 내가 경품을 맞혀서 그녀에게 선물했다.

사기가 뻔한 제비뽑기에서 뱀 장난감에 당첨됐다.

루리가 뽑기에 빠질 기미를 보여 제정신을 차리게 하느라 고생했다.

그리고….

바닷가에서 서로에게 기대고 다시 둘이서 불꽃을 올려다보았다.

밤하늘과 바다를 캔버스 삼아 색색의 불꽃이 꽃을 피웠다.

"…아름답네."

"…응."

내가 말한 건 불꽃이 아니다.

"이젠 여름도 끝이구나."

"그래. 여름방학도, 며칠 안 남았어."

아마 지금, 나와 그녀는 같은 마음일 거다.

퍼퍼퍼퍼펑….

연달아 터진 요란한 소리로 불꽃놀이 대회가 끝을 맺었다.

주위가 갑자기 조용해졌다.

기분 좋은 침묵의 시간이 지나고, 마침내 옆에서 몸을 꼼지락거리는 게 느껴졌다.

　처다보니, 루리가 나를 발그레한 얼굴로 올려다보고 있었다.

　"…왜?"

　"…저기."

　가녀리지만 필사적인 목소리.

　"…올여름, 나랑 지내면서… 어땠어?"

　바보구나. 아직도 그런 소심한 소리를 하고 있다니.

　나는 밤하늘을 올려다보며 본심을 털어놓았다.

　"몇 번이고 말해줄게. …최고였어. 너와 보낸 이 여름은 절대로 잊지 못할 거야."

　"…정말?"

　"응. 지금까지보다 훨씬 더 네가 좋아졌어."

　"…고마워, 쿄우스케."

　오늘 밤에도 또 하나, 추억이 늘었다. 굉장히 아름답고 소중한 보물이다.

　이게 에로 게임이었다면 해피 엔딩의 스태프 롤이 흘러나왔을 거다.

　아니, 아닌가. 아직 조금 이른가.

　페이지가 얼마 안 남은 '데스티니 레코드(운명의 기술)'.

　거기에 적힌 '소원'을 마지막까지 이뤄야지.

　다음 페이지에서 그녀는 내게 뭘 바라고 있을까.

　더는 기다릴 수가 없어 그 자리에서 물었다.

"이제 어쩔 거야?"

"…응, 다음은….."

루리는 고개를 숙이고서 '데스티니 레코드(운명의 기술)'가 적힌 종이를 꺼냈다.

그리고선 잠시 뜸을 들인다. 평소 같았으면 의기양양하게, 신나서 내게 '소원'을 보여줬을 텐데.

왜 그러지?

불온한 예감이 뇌리를 스친다.

투둑, 그녀의 발밑에 물방울이 떨어진다.

그게 눈물이라는 걸 내가 깨달은 순간.

"이거야."

그녀는 마지막 '소원'을 보여주었다.

…쿄우스케와 헤어진다.

"…뭐?"

'소원'을 적은 종이가 그녀의 손에서 떨어져 밤하늘에 날린다.

"…………안녕."

그녀는 일방적으로 작별을 고하고선 몸을 돌렸다.

코우사카 쿄우스케의 곁을 떠나려 하는 루리.

나는 망연자실한 채 그 모습을 바라보는 수밖에….

안 돼!

나 자신의 내면의 목소리가 내 다리를 달리게 만들었다.

여기에서 그녀를 보내선 안 돼.

망집과도 같은 생각이 의식보다 먼저 나를 움직이게 했다.

비틀거리며 달려가는 루리가 사람들 사이에 섞이기 직전, 그 손
을 잡았다.

루리가 뒤를 돌아본다. 뺨을 따라 흐르는 눈물.

역시 울고 있었다. 울게 만들고, 마음 아파하는 그녀와 헤어질 뻔
했다.

"…아, 저…."

좋아하는 여자의 꺼질 듯한 목소리. 나를 거부하는 목소리.

그렇게 생각하니 팔의 힘이 빠질 것만 같다.

하지만 나는 놓지 않았다.

절대로.

"……."

그녀는 수심에 찬 표정으로 고개를 숙였다.

…지금 한 말, 농담이지?

…헤어지자니, 그게 무슨 소리야?

…그 눈물은 뭐야? 무슨 일 있었어?

물어야 할 것들, 말해야 할 것들은 많았다.

하지만 나는.

"헤어지고 싶지 않아. 널 좋아하니까."

제일 먼저 튀어나온 것은 일방적이고 자기중심적인 바람이었다.

차이려는 남자가 흔히 하는 말.

추하고 촌스럽고 보기 흉한 말.

나도 알아! 하지만…!

나는 볼썽사나운 그 녀석들의 마음을 누구보다도 잘 이해했다.

헤어지고 싶지 않으니까, 좋아하니까 냉정해질 수 없는 거고, 상대의 사정을 듣기 전에 자기 마음을 먼저 전하지 않고는 배길 수 없는 거다.

루리의 입이 천천히 벌어진다.

"…나… 나는… 당신하고 헤어져야…! 그, 그렇게… 그렇게 안 하면…!"

비명이었다. 조바심에 말이 제대로 나오지 않고 있었다.

그래도 이해했다. 분명히 무슨 사정이 있다는 것을. 어떻게든 해야 한다는 것을.

"제길…!"

어떻게 하면 좋지! 나는 울음을 터트리고 만 그녀에게 무슨 말을 해줘야 하지!

생각해! 뭐 없어? 혼란에 빠진 루리를 단번에 진정시키고 사정을 알아낼 만한 비장의 카드가!

그렇게 모든 입맛에 딱 맞는 게 있을 리가….

…그거 너한테 줄게.

"루리!"

있었다.

"같이 봐줬으면 싶은 게 있어."

"어…?"

예상치 못한 말이어서 그랬는지.

그녀를 가득 채우고 있던 혼란이 잠깐이지만 멈췄다. 휘둥그레 커진 눈으로 놀라고 있다.

놀라는 건 나도 마찬가지다. 아니, 내가 더 깜짝 놀랐을 거다.

설마 정말로 그 녀석이 설정한 '조건'을 충족하는 일이 벌어지다니 말이다. 내가 가방에서 서둘러 꺼낸 것은 '데스티니 레코드(운명의 기술)' 바인더였다.

지금은 내가 맡고 있을 차례였으니까.

여름방학 동안 우리가 실행해온 '페이지(소원)'들. 그 마지막에, 키리노가 쓴 '기술'이 봉인되어 끼워져 있었다.

"…쿄우스케, 이건…."

봉인된 표지에는 이렇게 적혀 있었다.

…쿠로네코가 너랑 헤어지겠다는 이상한 소리를 하면 둘이서 열어보라고.

너무나 지금 상황에 딱 들어맞았다.

그 녀석은 루리가 이런 말을 꺼낼 거란 걸, 나한테 이별을 고할 거란 걸 알고 있었단 말인가? 이 전개를 예상했다고?

설마?

이런 조건은 절대로 충족될 리가 없잖아…. 평생 키리노가 쓴 '소원'을 볼 일은 일어날 턱이 없는데… 도대체 뭐야.

나는 뭘 놓쳤던 거지? 난 뭘 이해하지 못했을까?

그건 모르겠지만 해야 할 일은 분명했다.

개봉의 조건은 충족되었다. 그 녀석이 남긴 '소원'을, 우리에게 주는 '과제'를….

둘이 같이 읽어야 한다.

그 녀석의 '소원'은 짧았다.

…이걸 읽고 있다는 건 굉장히 위태로운 상황인 거겠지?
…그럼 잘 들어.

…바보 오빠에게
…쿠로네코가 무슨 말을 해도 절대로 물러나지 말 것.
…그 녀석은 널 엄청 좋아하니까. 내가 보장하거든.
…그러니까.
…고민이 뭔지 제대로 알아내고 해결해줘.
…네가 나한테 해줬던 것처럼.

…쿠로네코에게

…솔직히 네가 지금 무슨 생각을 하고 있는지, 뭘 고민하고 있는지….

…나는 모르겠어.

…당연하지. 이 편지를 언제 읽게 될지도 모르는데.

…오빠보다는 낫지만 나도 만능은 아니거든.

…그러니까 한마디만 '소원'을 빌어둘게.

…날 봐서 화해해라.

그리고 마지막으로.

…너라면 '언니'라고 불러줄 수도 있어.

시건방지게 웃고 있는 동생의 얼굴이 보였다.

의기양양한 목소리가 들렸다.

"…………."

"…………."

우리는 말없이 그 녀석이 쓴 메시지를 읽었다. 모든 문장을 다 읽고 나서도 종이에 시선을 고정한 채 움직일 수 없었다.

문득 보니 루리가 떨고 있었다. 이를 악물고서, 가쁘게 숨을 몰아쉬면서 눈물을 흘리고 있었다.

지금 이 메시지 어디에 그녀의 감정을 이렇게나 뒤흔드는 요소가 있는 거지.

이해할 수 없는 것이 엄청난 죄악처럼 여겨져 무겁게 짓누르는 것 같은 무게를 느꼈다.

"…루리?"

"…키리노는…."

나를 매섭게 노려본다. 그러고서 내가 이해하지 못하고 있는 것을,

"키리노는, 당신을 좋아한다고!"

직설적으로 주입했다. 있는 힘껏, 그녀답지 않은 목소리를 써서.

"…뭐라고?"

"코우사카 키리노는, 코우사카 쿄우스케를, 이성으로서, 좋아했다고!"

확실하게, 잘못 들을 여지라곤 조금도 없이 알려주었다.

"…그럴 리가."

"진심으로 그렇게 주장한다면 경멸하겠어."

거짓말을 하는 것 같지는 않았다. 적어도 루리 자신에겐 진실일 거란 게 느껴졌다.

"…키리노가? 나를?"

"그래. 그러니까 우리가 사귀게 되어서 그 아이는 깊이 상처 입었다고. 그래서 우리에게서 멀어지려고 다시 해외에…."

"…루리."

"당신은 '키리노가 자기 의사'로 결정한 일이다… 그렇게 말했지. 하지만 키리노가 그런 결단을 내린 원인은 우리였어… 자기가 좋아하는 상대가 친한 친구와 사귀는 상황을 견딜 수가 없어서………… 우리가 사귀니까 키리노가 사라져버린 거라고."

…'키리노가 일본에서 떠나기로 결심한 거'랑! '두 사람이 사귀기 시작한 거'랑 상관이 없을 리가 없잖아요!

이제야 이해가 됐다.

…당신은 아무것도 몰라요.

아야세가 한 말이 맞았다.

나는 아무것도 몰랐다.

가슴속에서 뜨거운 것이 치밀어 올라 뺨을 적신다.

"키리노가, 그렇게 말했어?"

"그럴 리가 없잖아. 그 아이가, 스스로 인정할 리가 없잖아. 하지만 알아. 항상, 가까이, 있었으니까."

루리는 입술을 피가 나올 정도로 세게 깨물었다.

"…난 비겁해. 그 아이가 일본을 떠나서… 괴로워서, 외로워서, 속상해서. 네가 그럴 생각이라면 나는 네 오빠를 가져가겠어… 그렇게 끔찍한 생각을…."

피를 토하는 듯한 참회가 이어졌다.

"키리노가 돌아온 뒤에도 당신과의 관계를 자랑하고, 으스대고… 즐기고… 그, 아야세라는 여자한테서 듣기 전까진 깨닫지도 못했어. 아니, 깨닫지 못한 척해온 거지. 키리노가 상처 입고서 고민하고 있었는데… 난 처음 생긴 남자친구와의 만남에 들떠만 있었던 거야."

"그러니까 나랑 헤어지겠다고?"

"그래."

"없었던 일로 하자고?"

"그래."

"그래서… 전부 다 원래대로 돌아갈 거라고 생각하는 거야? 키리노의 상처 입은 마음이 달래지고, 그 녀석이 유학을 접고 돌아올 거라고?"

"…아니."

그래, 그럴 리는 없지.

우리의 교제는 그 녀석에게 큰 결단의 원인이 됐을지도 모른다.

하지만 그것만 가지고 해외 유학을 결심했다고 한다면 그 녀석에게 실례되는 말일 거다.

헤어졌으니까 돌아오라니. 그런 말을 어떻게 하냐!

그러니까 우리가 헤어져도 의미는… 아니, 그런 이야기가 아니지.

이건 루리가 이해할 수 있느냐 아니냐가 중요하다. 자신이 받아들일 수 있는가 아닌가. 감정의 문제다.

그리고 또 하나. 내가 자만하는 게 아니라면….

"너 바보구나."

"뭐…."

"나, 계속해서 몇 번이고 반복해서 말했었지. …널 좋아한다고."

"그래. 하지만 키리노의 마음을 알고서도 그 말을 해줄까?"

"널 좋아해. 키리노보다 더."

"…아."

그 말이 끝나기가 무섭게 대답해줬다. 그래야만 했다.

고백하지. 나는 시스터 콤플렉스다. 여동생을 좋아한다. 싫어한다고 말해오긴 했지만… 그건 절대 거짓말은 아니지만… 싫어하면서, 좋아한다!

반년 전에 같은 질문을 들었다면 분명히 고민했을 거다. 바로 대답하지 못해 차였을지도 모른다. 선택하지 못해 대답도 못 했을지도 모른다.

그 정도로 바보 오빠라고, 나란 인간은!

하지만… 하지만! 코가 막혀 다급해진 목소리로 말한다.

"지난 반년 동안 많은 일이 있었지."

"……."

루리는 대답하지 않았다. 하지만 나와 함께 돌이켜보고 있었을 거다.

봄부터 시작한 나와 쿠로네코의 이야기를.

코우사카 쿄우스케와 고코우 루리의 이야기를.

이 여름의 시간을.

"루리가 제일 좋아. 거짓말이 아냐."

"…쿄우스케."

"진짜야."

내가 먼저 말해줬다. 그녀는 언제나 자신을 칭찬하는 말을 믿으려고 하지 않으니까.

"하지만."

비하하는 말을 하게 두진 않을 거다. 대신 진심을 날렸다.

"네가 너 자신을 싫어해도 나는 널 좋아해!"

"어…."

점점 감정이 고조되어 목소리가 거칠어진다.

"중2병인 것도, 비겁한 것도, 혼자서 다 결정해버리고 날 내버려둔 채 이해할 수 없는 짓을 하는 바보 멍청이 같은 점도! 성격이 비비 꼬여서 늘 귀찮게 만드는 점도…! 나쁜 면까지 모두 다 포함해서 널 좋아해! 사랑해! 네가 스스로에게 자신감이 없다면 몇 번이고 말해주지!"

넘쳐흐르는 감정을 거듭 더해 나는 올여름 마지막 '소원'을 선언했다.

"널 좋아해! 그러니까 언제까지고 나와 함께 있어줘!"

루리는 좀처럼 대답을 해주지 않았다.

모든 것을 다 꺼내놓은 나는 그 자리에서 무너지려는 걸 꾹 참고 그녀의 눈을 응시했다.

한 줄기 눈물이 하얀 뺨을 타고 흐른다.

그리고….

"네."

대답과 함께 긴 입맞춤을 나누었다.

불꽃이 모두 터지고, 밤하늘에는 별이 반짝이고 있었다.

에필로그

그렇게 해서 나는 그녀와 맺어졌다.

조금 신기한 검은 소녀. 애처로우면서 사랑스러운, 내 동생의 친구.

처음 만났을 때 '쿠로네코'였던 그녀는….

지금 순백의 드레스를 입은 '코우사카 루리'로서 내 앞에 서 있다.

그렇다.

그 뒤로 긴 시간이 흘러….

오늘은 우리의 결혼식이다.

예배당의 천창에서는 기분 좋은 햇살이 쏟아져 들어와 신랑과 신부를 비추고 있다.

"…아름다워."

솔직한 마음을 전하자 루리는 처음 사귀기 시작했을 때 그랬던 것처럼 수줍어했다.

"…바보. 리허설 때 실컷 봤잖아."

"실제 식이 되니 전혀 다른걸. 옛날부터 네가 새 옷을 입을 때마다 감동했는데… 오늘의 루리는 정말 각별해."

방심하면 눈물이 나올 것만 같다.

정말이지, 실제 결혼식 날이 되어 이렇게 감정이 흔들리게 될 줄은 몰랐다. 혼인 신고를 한 뒤로 지금까지 워낙에 정신이 없었으니까. 오늘도 식 흐름을 외우고 가족들끼리 리허설을 하느라 혼이 쏙 빠질 지경이었다.

무사히 식을 끝내야 한다….

머릿속이 그 생각만으로 가득 차 여유가 없어서.

조금 전까지 결혼식은 다 이런 건가 생각했었는데.

너무나 큰 착각이었다.

이렇게 성직자 앞에 서서 신부가 된 루리를 보고 있으니 지금까지 살아온 인생 중에 최고라고 할 수 있을 만큼 감동이다. 아, 어떡하지, 진짜 눈물 날 것 같아.

그런 내 얼굴을 올려다보며 루리는 베일 너머로 미소 지었다.

"울어도 되는데?"

"너야말로."

큭큭, 웃음소리로 답을 한다.

…건강할 때나 아플 때나 기쁠 때나

…슬플 때나 풍요로울 때나 가난할 때나

……이 사람을 사랑하고, 이 사람을 존경하고, 이 사람을 위로하고, 이 사람을 도우며

…목숨이 붙어 있는 한 진심을 다할 것을 맹세하겠습니까?

…맹세합니다.

서약을 주고받는다. 반지를 교환하고, 결혼 증명서에 서명을 한다.

혼인 신고일과는 또 다른, 묵직한 실감이 느껴졌다.

이제 우리는 명실공히 부부가 되었구나 하는.

둘이 함께 초에 불을 붙이고, 식은 계속해서 진행된다.

그리고….

나는 신부의 베일을 걷고서 맹세의 키스를 했다.

사람들의 축복 속에서 신랑과 신부는 식장을 걸어간다.

그 길에 맑은 빛과 꽃비가 쏟아진다.

양가 부모님들이 울고 있다.

루리의 동생들이 기뻐 흥분하고 있다.

마나미가 미소를 지으며 지켜봐준다.

아카기와 미우라 사장, 마카베와 세나… 동창 친구들.

내 동료들. 루리의 거래처… 출판사 사람들.

기쁜 표정인 맨얼굴의 사오리. 그 옆에는 아야세도.

그리고 물론.

아름답게 성장한 키리노도 있었다.

누구보다도 우리의 결혼을 기뻐하고 축복해주고 있었다.

나도, 루리도 감정이 벅차올라 더 이상 버틸 수가 없었다.

웃으며 울고 있었다.

이제 기념사진을 찍어야 하는데.

아니, 이건 반칙이잖아. 키리노 녀석… 그런 말을 하다니.

…축하해, 친구.

…축하해, 오빠.

…고마워, 키리노.

…고맙다.

그렇게 중얼거리고서.

나는 루리와 함께 걸어갔다.

앞으로도 계속 함께.

시간은 또다시 흐른다.

이누마키지마로 떠났던 가족 여행에서 돌아오자 우리 집 현관이 신발로 가득 차 있었다.

아내와 딸 둘을 데리고 거실로 들어서자 익숙한 면면들이 모두 총출동해 있었다.

"현관에 신발이 많다 싶었더니… 어쩐 일이야?"

"때마침 다 모일 수 있을 것 같아서 불렀어."

소파에서 대답한 건 내 동생 코우사카 키리노.

키리노는 자리에서 일어나 걸어왔다.

여전히 눈부시게 아름다운 미모다. 옛날부터 빼어난 외모의 소유자이긴 했지만 이젠 거의 여신 수준이다. 외모만 놓고 본다면… 그런 말을 할 수 있었던 건 옛날 일이다.

지금 이 녀석은… 아, 길게 이야기할 일은 아니지.

"다녀왔어, 키리노 고모."

둘째 딸인 유리가 한 손을 들며 인사했다.

"오, 고생했다, 유리. 그리고 고모라고 하지 마."

거칠게 머리를 쓸어주는 키리노의 손길 아래에서 유리는 웃었다.

"리노도 고생했어."

한편 큰딸인 리노는….

"………."

키리노 고모를 완전히 무시했다.

그 모습을 보고 루리가 키득키득 웃었다.

"어머나, 키리노… 우리 딸한테서 미움받고 있나 보네?"

"뭐? 리노는 복잡한 나이라서 그런 것뿐이야. 사실은 나를 좋아한다니까. 그렇지…?"

"…흥."

외면해버리는 리노.

"뭐야~? 리노…? 키리노 언니한테 너무 차가운 거 아니니~?"

달콤한 목소리로 애교를 부려보지만 전혀 상대해주지 않는다.

이렇게 된 관계에는 이유가 있는데, 키리노가 옛날에 어린 리노한테 귀찮게 달라붙었던 여파 때문으로 보였다. 그게 전부는 아닌 것 같기도 하지만… 잘 모르겠네.

"리노, 무시하는 건 나빠요. 인사는 제대로 해야지."

"…네에."

큰딸은 내키지 않는 기색으로 대답을 하고서 거만하게 팔짱을 꼬고서 키리노를 노려보았다.

"훗, 오랜만이네, 키리노 고모님!"

"너도 고모라고 하다니. …오랜만이야. 나 한동안 시간 있으니까 다음에 같이 놀자."

"싫어!"

송곳니와 혀를 드러내 보인 큰딸은 싫어하는 고모에게서 도망치기 위해 2층으로 이어지는 계단을 달려 올라갔다.

사람이 많이 모인 자리는 싫어… 라는 강한 주장이 전해졌다.

이런, 이런… 생긴 건 옛날의 '쿠로네코'랑 똑같은데 말이지….

당시의 루리에 비해 영 어린애 같아 보이는 건 내 딸이라서 그런가.

예전의 누구처럼 제멋대로 굴어서 그런가.

그런 생각을 하고 있는데 유리가 키리노에게 발랄한 목소리로 말을 걸었다.

"키리노, 정식으로 말해야지… 지금까지 고생 많았습니다!"

"응, 고마워! 으음, 언제 봐도 씩씩하다니까, 유리는. 좋아, 좋아."

그렇다.

바로 얼마 전에 키리노는 육상 선수에서 은퇴하게 되었다.

일본인 여자 선수로서는 톱 레벨에서 활약하던 이 녀석은 빼어난 미모까지 더해 이제는 아이돌 못지않은 인기를 누리고 있었다.

TV 광고에도 엄청 많이 나온다. 아니, 지금 저 TV에서 마침 나오고 있네.

스포츠 드링크 광고다.

나보다 훨씬 잘 버는… 나보다 훨씬 더 눈부시게 빛나는… 그렇지만.

이젠 꼬아서 보지 않는다.

이 녀석이 얼마나 노력하고 애써왔는지 잘 아니까.

그저 자랑스러울 뿐이다. 진심으로 그렇게 생각할 수 있다는 것도 자랑스러웠다.

"옛날 생각이 나네."

루리가 내 마음을 그대로 말로 표현했다. 그 말만 듣고도 키리노는 알아차린 것 같았다.

"그 여름이?"

"응. 네가 일본에 돌아왔다가 다시 여행을 떠났을 때."

"그래."

그때가 키리노에게도, 우리에게도 전환점이었던 것 같다.

"으히히, 너 굳이 날 배웅하러 왔었지. 웃기더라."

"…시끄러워. 저주한다."

일부러 예전 같은 표현을 썼을 거다.

몇 초의 침묵. 그동안에 얼마나 많은 의사소통이 있었을까.

"…흐히히."

"…훗."

누가 먼저랄 것도 없이 웃음을 터트린다.

한바탕 웃고 난 뒤 키리노는 과장된 동작으로 방 전체를 가리켰다.

"…그러니까 오늘은 절반은 내 은퇴 파티 같은? 뭐, 명목은 뭐든 좋지만, 아무튼 오랜만에 다 함께 모이고 싶었던 건데!"

그때 안경을 쓴 여성이 음료수를 들고 부엌에서 나타났다.

"코우사카 선배, 오랜만이에요!"

"오, 세나구나… 잘 왔어."

마카베 세나. 옛 성은 아카기 세나.

이 녀석은 대학교를 졸업한 후에 미우라 부장이 만든 게임 회사에 취직했고, 그 몇 년 후에 동료인 마카베와 결혼했다.

그때 코우헤이 오빠가 얼마나 미쳐 날뛰었는지, 지금도 어제 일처럼 뚜렷이 기억이 난다.

"카에데는?"

"사장님이랑 위에서 게임하고 있어요. 우수한 인재에게 테스트플레이를 시킨다면서요…."

"그래."

이젠 부장이 아니다.

미우라 겐노스케 사장이다. 솔직히 회사를 만들 거란 소리를 들었을 때에는 어떻게 될까 싶었는데.

이제는 파면 팔수록 재미있는 게임을 만드는 회사로 많은 팬을 획득했다고 한다.

가끔 사장의 폭주로 엄청난 쓰레기 게임을 만들기도 한다는데, 나로선 사람이 변함없는 것 같아 안심이 되는 소리였다.

나는 천장을 올려다보았다.

"그 녀석들, 민폐 안 끼치면 다행인데."

"아니에요. 우리 애도 같이 있으니까 민폐를 끼친다면 저희 쪽이죠. 우수한 인재라고 한 것도 농담은 아니니까요."

"지금 우리 집의 버릇없는 딸내미도 올라갔는데."

"아…."

뭐라 말하기 힘든 표정을 짓는 세나.

우리 집의 큰딸이 우수한 트러블 메이커라는 건 모두의 공통 인식이었다.

"…아, 루리, 「여름의 은색」… 기억해?"

"어떻게 잊겠어."

「여름의 은색」. 그건 그 여름, 우리 게임 연구회가 만든 노벨 게임이다.

"그 게임이 내 인생을 바꿨는걸."

취재 합숙을 거쳐 그해 가을에 완성한 그 작품은 인터넷상의 작은 콘테스트에서 상을 받았다. 특히 평가를 받은 건 시나리오로, 루리가 쓴 루트를 포함해 '빼어나다'는 평이었다.

그러니까 루리가 처음으로 모르는 타인으로부터 자신의 작품이 '재미있다'는 말을 듣게 된 게임이다.

동아리 활동 때 펑펑 울었던 게 기억난다.

루리뿐만 아니라 나도, 세나도, 다른 부원들까지 모두 다 울어버렸지.

감자 칩과 탄산음료로 축배를 들었었다.

「여름의 은색」은 지금도 명작 프리 게임으로 인터넷에서 가끔 거론되고 있다.

"참 재미있었지….."

모든 것이.

그 여름은 일어난 사건 전부가 다 뜨거웠고, 눈부셨고, 또 때로는 위태로워서.

굉장히 쑥스러운 표현이지만.

청춘이었다.

"…네. 저, 그 일이 계기가 되어 지금 회사에 들어온 거나 마찬가지니까요. 그 게임이 없었다면 아마 저도, 사장님도, 카에데도, 루리도 전혀 다른 인생을 살고 있었을 거예요."

"맞아."

그 여름의 성공했던 경험은 부원들의 인생마저도 바꿔버렸다.

「여름의 은색」을 만들지 않았다면 루리가 작가가 되는 일도 없었을지 모른다.

모두 많은 것을 얻었다. 가장 큰 것을 차지한 건 물론 나겠지만.

생각에 푹 빠져 있는데 유리가 어떤 인물을 발견하고서,

"마키시마 씨! 왔었구나?! 오랜만이에요~~!"

뛸 듯이 기뻐했다. 마치 좋아하는 가족과 재회한 것처럼 와락 끌어안는다.

그 상대, 마키시마 사오리는 유리를 부드럽게 안고선 머리를 쓰다듬어주었다.

"유리, 지난주에 만나지 않았었나요?"

과거에 '사오리 바지나'였던 우리의 리더는 아름다운 아가씨 '마키시마 사오리'로 나타나는 적이 많아졌다.

…가끔 예전 모습을 보여줄 때도 있긴 하지만.

"아니~! 왠지 내 느낌으로는 한 반년 만에 보는 기분이란 말이죠! 보고 싶었어~~!"

"후후, 나도 그래요."

사오리는 이상하게 우리 둘째 딸과 사이가 좋다.

아니, 그 표현은 틀렸군. 정확하게는 이거다. 사오리는 우리 가족 전원과 굉장히 사이가 좋다.

사오리라면 아이들에게 좋은 영향만 줄 테니까 대환영이긴 하지만.

그녀는 유리에게 안긴 채 난처한 얼굴로 우리를 쳐다보았다.

"…어서 와."

"응." "다녀왔어."

자연스러운 대화. 사오리는 우리에게 가족과 같은 존재니까.

"저기… 있지… 나도, 지금의 사오리 같은 위치에서 아이들과 어울리고 싶은데요? 오랜만이라고 환영도 받고 사랑이 담긴 허그도 당하고 싶은데요?"

사오리 이하의 존재가 뭐라고 떠들고 있군.

"넌 바빠서 좀처럼 우리 집에 오질 않았잖아."

"오면 또 오랜만에 왔다고 애들 귀찮게 굴고 얼굴을 핥는데, 애들이 뭘 가지고 좋아하겠어?"

"크윽… 선물은 늘 노력하고 있는데…!"

선물로 상쇄될 차원이 아니지.

"어른들은?"

"네 분이서 쇼핑 갔어…."

대답해준 사람은 히나타다.

옛날에 생각했던 모습대로, 어른이 되니 엄마를 쏙 빼닮았다.

여전한 애교 있는 미소는 분위기를 밝게 만들어준다.

네 명이란 우리 부모님과 루리의 부모님, 네 분을 말하는 거다.

지금 코우사카가는 나와 루리 부부에 더해 큰딸과 둘째 딸 쌍둥이, 조금 터울이 진 아들과 셋째 딸이라는 구성이다.

어른이 되어 결혼해 아이가 생기고, 집을 짓고, 부모 품에서 독립해서.

나도 조금은 성장을 했을까?

애들이 봤을 때… 제대로 부모 역할을 하고 있을까?

모르겠다. 나와 키리노를 키워준 부모의 위대함이 이제 와 무겁게 느껴진다.

우리는 부모님들, 특히 어머님들의 관계가 좋아서 자주 같이 움직인다.

아버지 두 분은 서로를 어떻게 대해야 좋을지 모르는 분위기여서, 이제는 평범하게 대화를 나누고 있지만 결혼하고서도 한참 동안은 어색해했다.

"그런데 오늘은 사람이 많네. 내가 자부하는 거실이지만 이렇게 다 모이니까 많이 좁은걸."

"이따 아야세도 올 거야."

"여기서 더 늘어난다고?"

공간 걱정을 하는 내게,

"오빠."

기모노를 입은 여성이 소파에서 일어나 말을 걸어왔다.

이건 누구냐 하면 루리의 동생인 타마키다.

크게 달라지지 않은 머리 모양에 언니를 닮은 지적인 외모. 소름 돋을 만큼 아름다운 미녀로 성장했다.

"타마키도 왔구나. 오랜만에 보네. 이게 얼마 만이지?"

"5월에 있었던 가정 방문 때 보고 처음이네요."

가정 방문.

그렇다. 지금 그녀는 초등학교 교사로 우리 집 아들의 담임 선생님이다.

이렇게 귀여운 선생님에게서 배우다니, 학생들이 부럽구나.

그리고 그녀의 말처럼 봄에 가정 방문이 있었는데.

"그땐 여러모로 미안했다."

"뭘요. 저야말로 부족한 담임이라… 죄송합니다."

당시에 우리 아들이 학교에서 문제를 일으킨 일이 있었다.

쓸데없이 뜸들이지 않고 말하겠다. 중2병적인 언행이 심해서 반에서 고립되고 말았다는, 어디선가 들어본 적 있는 이야기였다.

뭐니 뭐니 해도 '쿠로네코'의 아들이니까, 이렇게 말할 상황도 아니다.

아들이 반에서 고립되었다는 문제는 아직 해결되지 않았으니까.

최근 들어 다시 반항기인지 내가 하는 말은 전혀 듣지를 않고, 리노는 동생의 문제를 폭력으로 해결하려 드는데다가 유리마저 언니의 폭주를 막으려 들지 않는다.

대처는 했지만 근본적인 해결은 되지 않은 상태.

그런 상황이다.

"걱정 마."

아들의 마음을 가장 잘 이해하고 있을 루리만이 그렇게 주장했다.

"그 아이에겐 든든한 아군이 많으니까. 그리고…."

아내는 말했다.

"'나한테 당신' 같은 존재가 그 아이에게도 나타날 거야."

"…그러면 다행일 텐데."

서로를 바라보는 우리에게 키리노가 재촉하듯 말했다.

"거기 러브러브 부부! 언제까지 그러고 있을 거야?! 지금부터 재미있는 영상 틀 거니까 빨리 와서 앉아!"

"네, 네. 알았습니다."

"지금 갈게."

우리는 TV 앞에서 뭔가 조작하고 있는 키리노에게 다가갔다.

"재미있는 영상이라니 뭔데?"

"타마가 '2대 쿠로네코'였을 때 찍은 흑역사 동영상."

"꺄아아아악…! 그, 그러지 마요, 키리노 씨!"

큰 소리를 지르는 타마키. 얼굴은 사과처럼 새빨갰다.

"뭐, 뭐, 뭐, 뭡니까, 그 끔찍한 기획은! 난 그런 이야기 못 들었거든요!"

"말을 안 했으니까. 그렇게 질색할 거 없잖아? 그때 타마키가 얼마나 귀여웠는데."

"죽어도 싫어요! 제 마음이 죽을 거예요! 그 영상 틀면 다시는 당신이랑 말 안 할 줄 알아요!"

"…미안, 키리 언니. 틀지 마. 그거 진짜 타마키의 급소거든. 담임 맡은 반 아이들이 '타마킹 선생님'이란 별명을 붙여줬을 때보다 더 괴로워한다고."

"언니도 괜한 소리 하지 마!"

"으음, 히나가 그렇게 말한다면 관두지, 뭐."

검은색 기모노를 입은 중2병 소녀, '2대 쿠로네코' 영상이 거실에서 방영되는 사태가 미연에 방지되어 타마키는 "휴우…" 하고 가슴을 쓸어내렸다.

나는 동생에게 의문을 던졌다.

"너, 그런 보물 영상은 어디서 찾아냈냐?"

"오늘 파티에서 쓰려고 비디오카메라를 꺼냈더니 거기 들어 있던데."

그러면서 키리노는 소형 비디오카메라를 들어 보였다. 녹화 버튼을 눌러 먼저 직접 자신을 촬영하기 시작한다.

"코우사카 키리노입니다! 지금의 기분을 비디오에 남기려고 합니다! 그 여름… 진심으로 육상에 임하기로 결심하고 정말 열심히 노력해서… 이제 겨우 일단락이 났어요! 지금! 나는! 인생에 아무 후회도 없다! 다 끝냈다! 하고 생각합니다. …아직 끝나지 않았어! 라고 생각합니다. 앞으로도 다들 두고 보라고~! 하는 마음! 미래의 내가 이 비디오를 보고 '지금의 기분'을 떠올려준다면 기쁠 거야!"

키리노는 거기까지 단숨에 떠들더니 자신을 찍고 있던 카메라의

방향을 반대로 돌렸다.

촬영하는 건 루리의 얼굴이다.

"넌 어때?"

"어?"

"지금 기분!"

갑자기 카메라를 들이대자 깜짝 놀랐던 루리는,

"…글쎄."

곧 미소를 지으며 또렷이 대답했다.

"행복해. 멋진 가족과 함께 있을 수 있어서."

"그럼 다행이다."

어릴 때 나눴던 약속이 마침내 이뤄졌다.

그 뒤로 긴 시간이 지나고 계절이 바뀌었지만 키리노와 쿠로네코
는 지금도 함께다.

"아빠! 나도 언니 있는 데 갔다 올게!"

"오, 어른들 귀찮게 하면 말려줘라."

"네에." 이렇게 대답하고서.

나와 루리의 아이가 뛰어간다.

아무것도 없는 평범한 일상을 만감이 교차하는 심정으로 배웅한
다.

부디 저 아이들에게도….

우리 못지않게 기적 같은 이야기가 있기를.

난이도, 나이트 메어 하드.

칠흑의 컨트롤러를 조작해 수많은 적기를 추격.

소나기처럼 쏟아지는 적탄을 여유롭게 피한다.

피탄 제로. 스테이지 클리어, 하이스코어 갱신.

거칠게 VR 헤드셋을 벗자 내 시야는 전투기 조종석에서 내 방으로 귀환한다.

"감상은?"

"완전 꽝이야. 난도가 너무 높아."

"퍼펙트 클리어 했잖아."

"캐주얼 유저는 디폴트 난도라도 고전할걸. 적이 사각에서 공격하게 하는 건 관두는 게 좋겠어."

"거봐요! 역시! 그렇다잖아요, 사장님!"

"크흠… 하, 하지만 STG(슈팅) 하면 조금은 첫 조우에 죽이는 게 들어가야 낭만이 살잖아… 양식미가 잡히잖아… 한 방에 클리어를 당하면 분하지 않냐?"

"그런 생각은 버리라고 내가 몇 번을 말했잖아요?!"

다 큰 어른들이 어린애처럼 싸운다.

그런 그들을 학교 인간들보다 훨씬 친근하게 느낀다.

훗, 웃음을 짓는 내 머리를 누군가가 뒤에서 와락 움켜쥔다.

"아야… 뭐야?!"

목소리를 높이며 뒤돌아보자 빨간 머리 소녀가 호쾌하게 웃으며 나를 보고 있었다.

"헤이! 테스트플레이 끝났지? 밖에 나가서 놀자!"

"싫어. 나가려면 혼자 나가지?"

귀찮아 죽겠다는 투로 대답해줬지만 녀석은 전혀 굴하지 않는다.

변칙 아이언 클로를 풀어주지도 않는다.

"너 계속 방에 틀어박혀만 있잖아! 남자 팔이 이게 뭐야! 이러다 커서 우리 아빠처럼 된다?"

"본인이 여기 있습니다만!"

"아빠, 시끄러워. 쿄우, 축구하러 가자! 운동 싫어하진 않잖아? 전에는 같이 클럽에도 다녔잖아."

팔을 잡아당긴다. 완력으로는 이길 수 없으니까 저항해봤자 헛수고다.

그대로 얌전히 있는데 힘차게 방문이 열리더니 더 성가신 상대가 등장했다.

"…내 심심풀이 장난감을 데리고 가지 말지?"

"으엑! 돌아왔다!"

"…누나, 왔어?"

"큭큭큭… 다녀왔다! …자, 지난번에 하다 만 승부를 끝내자!"

누나는 익숙하게 게임기를 켰다. 자신의 요구는 반드시 관철시킨다! 네 예정 따윈 알 바 아니다… 이런 확고한 의사가 모든 동작에서 다 전해졌다.

거역해서는 안 되는 폭군. 큰누나는 그런 인간이다.

나와 취미와 속성이 맞는 게 불행 중 다행. 지금 입고 있는 칠흑의 탱크톱과 반바지도 이 누나가 준 거다. 비밀이지만 쿨한 행동도 보고서 배우는 중이다.

"야! 멋대로 정하지 마! 얜 나랑 밖에서 놀 거거든!"

"훗! 돌아가… 이제 여기는 '초월자'의 연회! 너 같은 '일반인'은 들어올 수 없는 영역이니까!"

"으아, 또 시작이네! 정신 나간 취미에 동생 좀 끌어들이지 말라고! 혼자나 즐겨, 바보야!"

혀를 쭉 내밀며 놀려댄다. 빠직, 누나의 이마에 핏대가 섰다.

"배짱 한번 좋구나!"

어둠의 폭군 VS. 암컷 고릴라의 대전 카드가 지금 당장에라도 시작되려 하고 있었다.

그때….

"자, 그만…!"

둘째 누나가 나타나 너무나 손쉽게 배틀을 중재해버린다.

항상 미소를 잃지 않는 이 누나가 사실 난 너무나 불편하다.

말하자면 이 사람은 '빛의 권속'이다. '어둠의 권속'인 나와는 어울릴 수 없는 존재인 것이다.

"하여간. 리 언니, 초등학생이랑 진지하게 싸우는 건 좀 아니지 않아?"

"진지하게? 무슨 바보 같은 소리를 하는 거니. '신'인 내게 초등학생 여자애는 티끌과 매한가지인 존재, 놀리는 것뿐이야. …자, 쿄우마! 누나랑 놀자꾸나!"

"아니야, 쿄는 바로 나, 유리 누나랑 놀 거거든. 두 사람에겐 미안하지만 눈치 좀 발휘해주면 고맙겠네. …그러니까 동생아, 누나랑 데이트놀이 하자♡"

완전 짜증 나.

이것 외에 다른 감상은 없다.

예전에 동급생이 미인 누나가 있어서 부럽다는 소릴 했었는데…

걔는 진짜 바보다.

짜증밖에 안 난다고. 그냥 다 짜증이다. 아무튼 짜증이다. 거치적거리는 존재들, 사라져주면 좋겠다.

동생에게 있어 누나란 그런 존재다.

전력으로 거부의 말을 내뱉으려는데….

"…후아암."

동생이 눈을 떴다.

다른 남매들과 똑같이 새까만 머리카락.

햇볕에 탄 나와는 다른 새하얀 피부. 무릎 위에서는 작은 검은 고양이 두 마리가 동그랗게 몸을 말고 있다.

올해로 일곱 살이 되는, 이 집에서 유일하게 나보다 어린… 나약한 존재.

나는 이 아이와 테스트플레이가 끝나면 놀기로 약속했는데….

…기다리다 지쳐서 고양이들과 함께 잠들었나 보다.

"후아암~~."

그런 동생은 바보 누나들이 시끄럽게 떠드는 바람에 깨어난 것 같았다.

크고 길게 하품을 하고서.

"…오빠, 일 끝났어?"

"…어, 응… 지금 막 끝났어."

"그럼 놀자."

"……."

이상하다.

이 녀석한테는 날선 말이 떠오르지 않는다.

이 눈으로 바라보면 거짓말은 절대로 할 수 없게 된다.

그래서 나는 언제나 이렇게 말한다.

"이런, 이런. 할 수 없지."

"다 같이 놀자."

"응."

자기소개가 좀 늦었군.

나는 코우사카 쿄우마. 어둠의 권속. '쿠로네코'의 피와 영혼을 이어받은 자.

세속의 속박에서 벗어나 자신의 영역에 틀어박혀 있는 존재이다.

근황 보고….

부모님에게 반항하고 싶다. 고모는 잘 모르지만 친절해서 싫지 않다.

선생님을 괴롭히는 동급생들은 저능아다. 소꿉친구는 고릴라.

두 명의 누나와 별거하고 싶다.

…여동생은 귀엽다.

작가 후기

　후시미 츠카사입니다. 「내 여동생이 이렇게 귀여울 리가 없어 ⓰ 쿠로네코 if 하」를 읽어주셔서 감사합니다.

　쿠로네코가 완벽하게 행복해지는 이야기를 만들자, 그런 마음을 담아 썼습니다.

　재미있게 읽어주셨으면 좋겠네요.

　아야세 if의 만화화 작품이 이 책과 같은 날 발매됩니다.

　원작자의 편애에 치우친 눈으로 보지 않더라도 멋진 만화 작품이었습니다.

　꼭 봐주세요.

2021년 1월

후시미 츠카사

내 여동생이 이렇게 귀여울 리가 없어 16

2022년 1월 23일 초판 인쇄
2022년 1월 30일 초판 발행

저자 · TSUKASA FUSHIMI
일러스트 · HIRO KANZAKI
역자 · 유정한
발행인 · 황민호
콘텐츠4사업본부장 · 박정훈
콘텐츠4사업본부장 · 김순란 강경양 한지은 김사라
마케팅 · 조안나 이유진 이나경
국제업무 · 이주은 김준혜
제작 · 심상운 최택순 성시원
한국판 디자인 · 디자인 우리
발행처 · 대원씨아이(주)

서울 특별시 용산구 한강로3가 40-456
편집부 : 02-2071-2104 FAX : 02-794-2105
영업부 : 02-2071-2061 FAX : 02-794-7771
1992년 5월 11일 등록 3-563호

http://www.dwci.co.kr/

원제 ORE NO IMOTO GA KONNANI KAWAIWAKEGANAI Vol.16 KURONEKO if GE
© Tsukasa Fushimi 2021
Edited by 전격 문고
First published in Japan in 2021 by KADOKAWA CORPORATION, Tokyo.
Korean translation rights arranged with KADOKAWA CORPORATION, Tokyo,
through Korea Copyright Center Inc.

ISBN 979-11-362-9008-3 04830
ISBN 978-89-252-4684-0 (세트)